写书偶得
读报认知新,识禅养神尊。
传道谢前贤,著书留后人。

老趣
临风对月享清闲,饮酒和诗赛神仙。
夕阳无限情有限,吟罢桃李咏杜鹃。

借得尘世一叶舟，百年好合喜庆收。
上下求索寒窗苦，左右逢源风骨道。
俯仰无愧从容走，进退有为逍遥游。
浑忘发际飞霜雪，唯有青春倩影留。

岁月浩歌
——格律诗、新诗合集

郎联正 ◎ 著

图书在版编目（CIP）数据

岁月浩歌：格律诗、新诗合集 / 郎联正著.—北京：知识产权出版社，2019.1
ISBN 978-7-5130-5994-7

Ⅰ.①岁… Ⅱ.①郎… Ⅲ.①诗集－中国－当代 Ⅳ.①I227

中国版本图书馆CIP数据核字（2018）第284172号

内容提要

本书收录了作者创作的格律诗和新诗共一百六十首，以及他人对其创作的评价，分为上辑、下辑和辑外音三篇。上辑为格律诗，包括"天地缘""山水情""思乡曲""太阳魂""岁月歌""耕耘图""流星雨"。下辑为新诗：包括"天地缘""太阳魂""耕耘图"。作者写进步、赞复兴、颂先进、唱英雄、伸张正义、鞭笞歪风、借诗言志、寄情山水，展现出宽广的胸怀和高雅的志趣，以及爱党、爱国、爱岗、爱学生的高尚情怀。

责任编辑：王玉茂	责任校对：王 岩
装帧设计：韩建文	责任印制：刘译文

岁月浩歌
——格律诗、新诗合集

郎联正 著

出版发行：知识产权出版社有限责任公司	网　址：http://www.ipph.cn
社　址：北京市海淀区气象路50号院	邮　编：100081
责编电话：010-82000860 转 8541	责编邮箱：wangyumao@cnipr.com
发行电话：010-82000860 转 8101/8102	发行传真：010-82000893/82005070/82000270
印　刷：三河市国英印务有限公司	经　销：各大网上书店、新华书店及相关专业书店
开　本：880mm×1230mm　1/32	印　张：9.125
版　次：2019年1月第1版	印　次：2019年1月第1次印刷
字　数：140千字	定　价：45.00元

ISBN 978-7-5130-5994-7

出版权专有　侵权必究
如有印装质量问题，本社负责调换。

创业垂统,
握兰怀琼。
传道授业,
竭智尽忠。
察幽探赜,
发秀吐荣。
博施济众,
万紫千红。

祖辈知荣辱，世代行尊儒。
书山寻智果，学海觅慧珠。
三思方举步，百折不服输。
厚道长寿享，祥瑞全家福。

山花烂漫柳丝柔，荡桨戏水西湖游。
十里碧波留倩影，满船诗梦寄杭州。

山西大学物理系五年制本一届毕业生留念 '94.6.11.

一个暮年壮心的性情歌者

郎联正先生乃性情中人。在邯郸二中时曾与他共事五年，初晤伊始，便觉此人亲和、平易，了无颐指气使之傲。作为一名重点中学的校长，善于听取不同意见，采纳众家之长，其民主作风，难能可贵。他能为师生排忧解难，呕心沥血地谋求学校的建设发展和教学的改革精进，并在军民共建、厂校挂钩方面坚持互惠互利地精诚合作。尽管一路走来风雨飘摇历经坎坷，但这一切还是令人难忘的。

既是性情中人，又早与文学、诗歌结缘，自然成就为性情歌者。

这本《岁月浩歌》集一百六十首旧体、新体诗作，长长短短，洋洋洒洒，气象万千。事事都能有感而发，或举重若轻，或举轻若重，语言文字把玩于指掌之间，信手拈来，不思而得，自然天成，得其所哉。

五年前联正先生为其大作《岁月风铃》起名，似有点如临深渊、如履薄冰之虑，风铃，有点摸着石头过河、试探善恶的意思，只求风吹玉振，静心养性。而今不同了，好一个《岁月浩歌》！浩歌者，大声高歌也。屈大夫之《九歌·少司命》："望美人兮未来，临风恍兮浩歌。"杜工部之《玉华宫》："忧来藉草坐，浩歌泪盈把。"龚自珍诗云："陶潜诗喜说荆轲，想见停云发浩歌。"鲁迅一语惊人："于浩歌狂热之际中寒，于天上看见深渊。"

　　也许是几十年的从政、从教经历，养成了忧国忧民的情怀。"吃地沟油的命，操中南海的心"，未必有错；"国家事何用尔等操心"，在联正先生身上却不灵验。"家事国事天下事，事事关心"，"位卑未敢忘忧国"，练就他一颗"修身齐家治国平天下"的赤子之心。豪情勃发，曲曲浩歌气冲云霄。览此鸿篇巨制，岂敢妄加评点。只从上下辑中撷取一二，粗陈感受，其余各章容日后细细品读，不知君意如何？

　　我喜欢联正先生发自内心的情感之作，那种纯个性化的东西，更易感动自己，更能打动人心。

　　郎兄之《祭母文》五言一百二十四句，打破四字祭文的传统格式，可称之为变体古风，"伏惟尚飨"四字收煞，戛然而止，意犹未尽。全篇慎终追远，情感跌宕起伏，生离死别，肝肠痛断，道不尽"哀哀父母，生我劬劳"。曾记得，

"室寂香奁冷,楼空炕席寒","粥少易计较,孩多难分餐","耗尽福禄寿,尝遍苦辣酸",字字句句令人唏嘘悲叹;无怪乎,"家慈学孟母,游子享三千","亲和讲友善,忠厚待人宽","盛德世所载,功名乡里传",可谓"女子无才便是德",悠悠琐事,说来平淡,难的是,几十年如一日,怎不让儿孙辈常持缅怀报恩之心。

又如郎兄的新诗《秋夜思》,时古时今,或散或律,似月之忽圆忽缺。更如电影制作的"蒙太奇"手法,情与景,色与空,抒情与叙事,平行与交叉,夸张与隐喻……任君调度与组合,的确是匠心独运,瓜熟蒂落,水到渠成。中国古人与月的情结,"便胜却人间无数"。如祝枝山的《皓月》:"玉田金界夜如年,大地人间事几千。万籁萧萧微不辨,露繁霜重月盈天。"李太白的"床前明月光,疑是地上霜。举头望明月,低头思故乡。"苏东坡的"明月几时有,把酒问青天。不知天上宫阙,今夕是何年?"李后主的"无言独上西楼,月如钩,寂寞梧桐深院锁清秋。剪不断,理还乱,是离愁,别是一般滋味在心头。"有多少古今诗人在这万籁俱寂之夜,流连忘返,留下千古名篇。将月情、心情、人情、乡情融为一体,此番古今对话,细嚼慢咽,自是回味无穷。

旧话重提,关于旧体诗的格律问题,我是有老主意的,即比较守旧,谨依"平水韵",用词追求古典，当然就限制了诗思的自由发挥。联正先生却无此虑，故有大江东去之态势，有壶口瀑布之凶险，有安塞腰鼓之放旷。不墨守成规，才有创新思维。还是各持一家之言吧。

至于新诗，我是无发言权的。在当今供需两由之的纠结中，纸质传媒已日渐式微，智能手机才是时代风采。新诗无人问津，只有少数另类还在犯傻。所谓唐诗宋词的再度崛起，不过是一种人为的炒作、功利的沦落、记忆的搏击，除此之外，岂有他哉。

现如今的新诗，我不敢恭维，无病呻吟，言不由衷，既无格律又无韵。在这民族文化到了最危险的时候，联正先生兴趣不减当年，反有老骥伏枥之后劲。捧读郎兄的新诗，顿觉一种传统的气息扑面而来，形式上虽与时尚不合，但情真意切，溢于言表，读来朗朗上口。

拙评之末尾，只想奉劝老兄一言：别累着了，能干则干，想歇便歇。祝君健康、开心、长寿。若还有时日、精力、兴趣，就献上一册独具特色、惊天地泣鬼神、振聋发聩之作。内容无须庞杂，不在长短，不在厚薄，哪怕只是一首长诗，能让读者眼睛一亮，心灵震撼。你有这个才华和能力，我有此期待，但也不必勉为其难。

徐玉中

二〇一八年八月中旬

依然风雨兼程

读此集久未平静。

郎联正先生曾是我的老上级。他曾任邯郸市第二中学校长，我曾是该校的历史老师。后来，我调到了邯郸市教育局工作，他也调到了邯郸市财经学校(以下简称"第二财校")担任校长。在他的力争下，第二财校归了市财政局管辖，但仍是教育行业，业务上我们仍然有些来往。

郎校长给我的印象颇为深刻。在教育行业任职多年，工作极其认真，高度负责，每到一处，都有突出的成绩，都有不错的口碑。第二财校由于争取到了可观的办学经费，办得相当不错，为邯郸市培养了一大批财会管理人员。我在市教育局普教处抓中考工作的时候，每年都从第二财校抽取老师和学生参加邯郸市中考登分统计工作。不仅帮助了招生工作，而且这一批一批的学生基本上都分配到了银行、医院、学校、机关、工厂担任了会计等工作。

那位被抽调的刘国强老师，后来相继担任了武安市副市长、市文广新局副局长。

那时候，跟郎联正校长的接触，公务上的事情比较多一些，并且一直保持着良好的关系。但第二财校毕竟属于财政系统的单位，分属两个系统，私下里接触比较有限。直到有一天听第二财校的杨晓非副校长说，郎校长是一个文学爱好者，而且已经出书。我颇为惊奇：竟然也是知音？原来教育队伍里还真是藏龙卧虎，"隐藏"着这么多的高人。随即把郎校长现在的电话要了来，在退休多年后，重新建立了联系。不过，他这时在北京孩子那儿比较多，见面的机会较少。但是在同有好感的基础上，又鉴于有共同的爱好，便更有了向老前辈学习和切磋的殷切期望。

郎校长的女儿把他将要出版的《岁月浩歌》电子文稿通过微信发给了我，我便挤时间一头钻进了文稿，如同沐浴一场甘霖，陶醉其中。

读其文，又如见其人。闻其墨，又如听其心。《岁月浩歌》，洋洋洒洒中，仿佛他又来到了眼前，又一同回到了从前。俯仰之间，看到了他前行路上风雨兼程，举手投足之时，看到了他理事供职的从容淡定。言行举止的点滴，呈现出了他处世的郑重、磊落、坦诚。对亲人的深情、对朋友的真诚、对部属的宽容……那种醇厚，像一杯老酒入肠，信任中让你回味无穷。

他多次在诗中道出对父母的深切思念，言语中充满了无限深情。

"忍看山野添新冢，痛悼双亲哭断肠""才辞家母升天堂，又送严父驾鹤翔""慈严痛失沦殁走，儿女恸哭涕泪滂"。字里行间，满是对父母痛彻心扉的悼念。

在"祭母文""追忆荒年"的长篇叙事诗中，找到了郎先生优良品质以及红色基因的传承。"常虑衣食住，多动犁锄镰""白昼干农活，灯下纳绳牵""赡老本不易，哺小更为难"，在那些词句中，好像他的父母就站到了眼前，活脱脱地展现出了一位勤俭持家、风餐露宿、坚忍不拔的中国农民形象。"组建妇救会，成立扫盲班。军鞋天天做，公粮年年完"。而且在极其艰苦的年代，不怕牺牲、不畏艰险、忘我地投入到共产党领导的对敌斗争之中。

是！郎先生也是性情中人。一树一叶，一山一水，一草一木，一阵风一片云一阵雨，在郎先生的笔下，都绘声绘色、栩栩如生，赋予生命内涵，蕴含禅意哲理。用心与大自然对话，满眼都是风景。把情与大自然交融，便会处处生情。郎先生已经把自己融入大自然之中去了。"苍山画里卧，清泉石上流""多情风雨献殷勤，意为游人添韵""飞瀑涌泉三春柳，隐奇匿秀七步沟"。春花夏草，秋菊冬梅，诗情画意，寄情山水。从岸边，从山顶，从松下，从林中，仿佛都能看见郎先生的身影。出神入化，悟入其中。也给人一种"远上寒山石径斜，白云深处有人家"的感觉。

其中有几章，是专门写从教、任职的内容。那种殷殷之情，教化之心，期盼之切，流露于笔端，倾泻于墨中。"立誓笃爱桃李园，红烛化作人梯篇。潜心伏案师表善，俯首耕耘弟子贤。传道解惑德为本，修身养性智当先。斗转星移时势变，义无反顾照撑船。"责任与义务，信心与赤诚，一个老教育家的傲然形象，跃然纸上。

乡愁与友情，是一个绕不开的话题，也是无数文学巨匠的催生剂。对亲人的思念，对友情的挂牵，对生养之地的眷恋，让无数他乡游子日日苦思，夜夜难眠，难以抑制的涌上心头，近乎疯狂的奔泻笔端。郎先生，也难脱俗。故乡，孕育生命之地，踏上人生征途的基石，栉风沐雨、迈向山顶的出发点。更是事业与爱好的源泉和土壤。"天河弯弯崖上挂，富水涓涓润细沙。春种夏管锄上雨，秋收冬藏囤中花。野雉咏唱恋晨曦，归羊撒欢戏晚霞。六畜兴旺福百姓，五谷丰登强国家"。"少小好桑麻，惯看娘绣花。拾荒穿蓖籽，熬夜挑灯花。平日勤含秀，考场多吐葩。佳绩谢恩师，喜报酬爹妈"。"地动拔高崖，天蝎座自发。羔羊馋嫩草，清水饱细沙。夏露绿植被，秋霜红叶花。尧乡歌盛世，把酒话桑麻。"诗词中的一人一物，一山一景，都见血见肉，都是毫无遮掩的裸露，一如我们看到郎先生行进在故乡的小路，一如看到他在家里、邻里的炕头上惬意开心的谈吐。

意犹未尽……

谈到对诗词的体悟，也与徐玉中先生有相似之处。有人说：古诗词必须符合格律的平仄。也有人说：不必拘泥。我较偏向于前者。不过，创新也未尝不可，更便于展开想象，任意挥洒。郎先生的现代诗也写得很好，而且一口气飞扬几十句、上百句，那委婉，那气势，那雄浑，都仿佛从中听到看到了晴川万里、细雨柔情、鸟的歌唱、风的嘶鸣、瀑的壮观、浪的奔腾。

从心里说，我不敢妄加评判。长我十几岁的郎先生是老前辈。无论学识、见解、水平、能力，都须仰其项背。在这里班门弄斧，也恐让先生和世人见笑了。

更为深刻和惊讶的是：退休之后，倾情投入，收获颇丰。而今年将八旬，如此高龄的郎先生，仍然有这么多的著述，仍然没有停止自己的追求和向往。直到现在，脚步未停，速度未减，义无反顾，挥毫依然，风雨兼程！好像他从未老去，英发飘逸，依然年轻！不禁令我又一次肃然起敬！相比之下，不觉汗颜。感谢我又多了一个榜样。

不过，还是要以健康身体、快乐心情为第一要义。要悠着点！

盼能尽快捧读郎兄新作。盼能畅怀一叙。

王贵书
于二〇一八年十月十九日深夜

岁月不改桑梓情

我并不擅长诗文，是个门外汉，与郎联正先生相比，更是不可同日而语，为方家作序，不免落"班门弄斧"之嫌。然而当我拜读完整部诗集之后，一种对郎联正先生的敬佩之情油然而生，不由得又想提笔写些什么。

中华诗词文化源远流长、博大精深，我是喜欢诗词的，特别是古体诗词。上学时，语文课本里的唐诗宋词，总能将我带到另一个世界里。我喜欢诗词里优美的语言、丰富的意象、跳动的音韵、绝伦的画面、灵活的手法，等等。每读一首，都会让我心醉许久，兴奋不已。

郎联正先生一生坎坷，命途多舛。然而这些苦难，联正先生将之沉淀为灵感的沃土、固化为思想的基石，几十年笔耕不辍，或感怀、或讴歌、或咏物、或言志，真实地表达了他对生活的执着，对精神的追求。史太公在《报任安书》里写道："盖文王拘而演《周易》；仲尼厄而作《春秋》；屈原放逐，乃赋《离骚》；左丘失明，厥有《国语》……此皆圣贤发愤之所作为也。"在郎联正身上，我们也可以看到这些品质的。

郎联正先生早年离家，辗转奔波于他乡，立身著学于千里，可始终情萦故里，满腹乡愁。《祭母文》《颂古桑》等新诗，读起来或让人心酸、或令人神往，这固然是文学功底深厚的表现，但我觉得最重要的应该是其仁孝品质和家乡情结的结晶。所以，我相信，这本诗集的出版，还将有两个作用，一是弘扬传统孝道，二是引发更多黎籍在外人士思念家乡、报效故土的质朴之情。

写至此，想起来贺知章《回乡偶书》里的两句话"惟有门前镜湖水，春风不改旧时波"，略做改动，权为序题。

张晓明

二〇一八年十月

自序

回顾一生,似觉时代眷顾于我。顺境窃喜,有缘乘风展翮;逆境堪忧,无端受羁遭厄。逝者已去,来者可鉴。根植沃土,少年怀志,哺育新人,无怨无悔;暮年痴诗,壮志不已,晚景不虚,笔耕不辍。日涉成趣,怡然自得。同好交流,既长见识,又增友谊。承蒙厚爱,深度交往,广育新苗。我铁骨生就,禀性难移,不逐"新潮",甘于寂寞,乐于奉献。立志以自己的微薄之力,穿过寒冬的凛冽,捎给人间些许春之温暖。

中华诗词的魅力,让人越学越爱,越钻越喜,孜孜以求,终身厮守。而中华诗词的博大精深,又让人越学越知难,爱之而畏之。

我是诗坛上的一名新手。从中学开始,我就喜欢文学、诗歌,逐步了解了享誉诗坛的鲁迅、郭沫若、臧克家、田间、李瑛等著名诗人,并研读他们的作品，以他们为楷模，边写边学，真诚追寻诗的韵味，努力探索诗的真谛。虽不能自诩为诗人，但我决意要做诗的主人，而绝不当诗的奴隶。以诗为载体，存所思所想，记花开花落，志国事家事。

一位哲人说过：诗，无疑是文字中最凝练、光灿的文体。

诗，果真是文学天空中熠熠闪烁的星辰，照亮着漫漫暗夜与心灵深处，仿佛因为有了诗的存在，我们才得以窥见天空的浩瀚无垠，也才能探得到心灵的幽邃曲折。诗是无私的，它会带领每一位向它敞开心灵与感念的人，走进轻盈超脱的境地。

我自知，自己只不过是文学天空中一颗没有星等的小星，在夜空中微不足道，但仍愿与诗为伍，以诗言志，以微光点热增添生命的富饶与光彩，涤荡滚滚红尘之垢污。

我愿作中华诗词与新诗结合的探索者。即便是失败，也会用余年钻研不止。我理解，新体诗、旧体诗本一脉相承，都是时代的产物，都是中华文化的瑰宝，不同的是形式、是手法，相同的是对文学、对艺术的孜孜以求。

五年前，我出版了自己的处女作《岁月风铃》，得到了诗歌爱好者的关注和认可，深得朋友、同仁和学生的喜爱，更有鼓励我再出新作的。在他们的鼓舞和鞭策下，我再次奋笔疾书，写就了一百三十首格律诗和三十首新诗，并将之命名为《岁月浩歌》，奉献给敬爱的读者，奉献给如歌的岁月。

拜读诗家的诗作、诗论、诗评，一个耀眼题名——"诗是乡愁"弹拨着我的神经。德国浪漫派诗人诺瓦利斯有一句名言："哲学是一种乡愁，是一种无论身在何处都想回家的冲动。"诗也如此，席勒在《诗歌的力量》中说，诗如神秘的精灵，使俗世的事物暂时抛开，让浮世的欢乐沉静下来。诗会引领人们回到往昔生活的屋檐下，回到自然的怀抱中，回到家。《百喻经》也讲："以我见故，流驰生死，烦恼所逐，不得自在。"我们在人世间历尽了风雨，尝够了心酸，劳苦倦极，疾病惨惶，穷之反本，于是不由自主地思念起家乡的岁月，童年的时代，心理上即刻想回到母亲的怀中，被环绕，被呵护，获得一种彻底的安全与信托。

正因为如此，所以对故乡日思夜梦，如影随形；
对乡土精神的寻觅，魂牵梦萦；
思乡恋亲，让我一生走不出梦境。
它既可以是上天赐予的山明水秀胜地，
也可以是大地馈赠的鸟语花香美景；

它既可以是对家乡亲人的思念，
也可以是对故国风物的重逢；
它既可以是拣拾儿时的一片天真，
也可以是追寻暮年的无限深情。
啊，《天地缘》《思乡曲》
篇篇表达了我的心声。

我是一名终身从教的园丁，
从入职开始，就确立了对教育事业的忠诚。
几十年来，我义无反顾
坚定地将育人的这块阵地占领。
回首往事，那风浪中的茫然领航，
艰难跋涉时的困难重重，
变迁中的鸿飞冥冥，
无不敲击着我那颗滚烫的心
留下脉动轨迹　记录着瞬时心境。
我把心灵激动的瞬间，
灵感闪烁的刹那
升华成一首首小诗　伴随我
向既定方向前行。
讴歌探索者放踵摩顶，
赞颂挑战者拔山扛鼎，
希冀渴求者侧耳细听，
吟诵授业者贤传圣经。

《岁月歌》《耕耘图》展出的诗作，
是我从生活树上摘取的几枚绿叶、
从岁月长河里捕捉的几朵浪花、
从理想天空中发现的几颗亮星。
愿绿叶饮露晶莹，
浪花邀鸥共鸣，
亮星伴月珑玲。

《岁月浩歌》付梓在即，各篇诗评像股股暖流在胸中翻腾，使我思绪难宁。

新知杰作，吐露着家乡人民的共同心声；
旧雨佳作，饱含着教坛挚友的厚谊深情。

感谢家乡亲人、山西黎城县委常委、宣传部长张晓明先生，抱玉怀珠，文雄笔壮，豪情写就《岁月不改桑梓情》；感谢知己徐玉中先生，拔冗操刀，挥毫泼墨，题签作序《一个暮年壮心的性情歌者》；感谢挚友王贵书先生，旧雨重逢，再燃激情，贵手书评《依然风雨兼程》。

老学生万满喜、韩文忠、郭文学、翟启德、许智慧、张小兵，同师门，共师事，感师恩，齐发声，捧出佳作，倾吐衷情。感谢旧友新知给予的关心、关助、关爱。自知才疏学浅，不当之处必有，至祈读者、方家不吝赐教为幸。

郎联正

二〇一八年十一月十八日

目录

上辑　格律诗

【天地缘】

七律·追念双亲 / 03
七律·悲悼慈母 / 03
七律·痛悼家严 / 04
七律·重阳怀亲 / 05
七绝·雪天遥祭祖 / 05
祭母文 / 05
追忆荒年·缅怀母亲 / 09
七绝·回归故里凭吊 / 10
七绝·端午神游 / 10
七律·悼亡 / 11
七律·清明祭 / 11
七绝·秋思 / 12
七律·秋兴 / 12
七律·敬题将军诗 / 12
七律·敬挽增善叔 / 13
七律·缘 / 13
七律·沉湖记忆 / 14
七律·重九秋怀 / 15

七律·八月的记忆 / 15
题补结婚照 / 16
七律·题老伴结肠手术后留影 / 16
七律·兰薰桂馥后裔贤 / 16
七律·金婚放歌 / 17
七律·致晚霞 / 17
西江月·颂妻 / 18
七律·七十有八生日感怀 / 18
七律·春日即事 / 19
七律·又是三月踏春风 / 19
七律·孙趣 / 19
七绝·陪外孙女叮当游西湖 / 20
七律·亲家院中纳凉 / 20
五律·银海莺歌 / 20
五律·祥瑞全家福 / 21
七律·大海情思 / 21
七律·清明雨思 / 22

【山 水 情】

五律·郊游 / 24
西江月·雨留古武当道观 / 24
七律·七步沟 / 25
七律·天河山 / 25
五律·聚龙山莲花洞 / 26
七律·王硇 / 26
七律·五杰山 / 26
七律·沙河桃花源 / 27
七律·雨后山村即景 / 27
五律·晨练登山 / 28
七律·花果山 / 28
七律·微山湖 / 29
七律·运河颂 / 29
七律·虎丘吊古 / 29
五律·鼋头渚 / 30
七律·水乡周庄 / 30
七律·拙政园 / 30
七律·崂山 / 31
七律·魂定锡崖沟 心醉太行魂 / 31
七律·二仙官 / 32
七律·登上天安门城楼 / 32
七律·寻梦陶公祠 / 33
七律·乐山大佛 / 33
七绝·日本纪行 / 34
忆江南·新加坡纪游 / 35
七绝·新加坡览胜 / 35

【思 乡 曲】

五律·乡恋 / 37
七绝·灵岩奇耸 / 37
七律·贵福临门 / 37
七律·乡思 / 38
七律·漳南渠 / 39
七绝·渠边春景 / 39
七律·广志山 / 40
七律·瓦瓮瓮 / 40
七绝·风洞 / 41
五律·马鞍山下咏怀 / 42
七律·五尖山前放歌 / 42
七绝·红石公园 / 43
七律·探亲感秋 / 44
七律·望乡 / 44
五律·回乡会友 / 45

【太阳魂】

九九怀念 / 47
七律·瞻仰毛主席遗容 / 48
七律·韶山日出东方红 / 48
沁园春·导师颂 / 48
七律·赞颂恩人毛泽东 / 49
七律·缅怀领袖毛泽东 / 49
七律·拜读《毛泽东诗词》/ 50
七律·"七七事变"留下的
　　记忆 / 50

七律·拜谒左权墓 / 50
五律·黄崖洞 / 51
七律·星夜踏访伯承桥 / 51
七律·九三胜利大阅兵 / 52
七律·习马会 / 52
七绝·祝贺长征五号首飞成功 / 53
五律·赞松 / 53
七律·赏竹 / 54
七律·咏梅 / 54

【岁月歌】

幼小心灵的萌动 / 56
五律·腊月上山砍柴 / 56
七律·跟叔进山秋耕遇狼历
　　险记 / 57
浣溪沙·离家随姐夫外乡读书 / 58
五律·思念 / 59
七律·在风浪中领航 / 59
七律·劫后余生争朝夕 / 60

七律·诬良为盗害无辜 / 60
七律·"文革"悲泪 / 61
五律·无题 / 61
五律·劫后思 / 62
七律·征途有感 / 62
七律·风雨中同行 / 63
七律·一曲骊歌长治风 / 64
七律·孔子魂 / 64

【耕耘图】

七律·教坛感怀 / 66
七律·微言 / 66
五律·溯洄吟 / 67
七律·喜聚振兴　笑对人生 / 67

七律·洗去征尘赏晚霞 / 68
五律·疾风知劲草 / 68
七律·再拜同窗 / 69
五律·同学聚会感赋 / 69

七律·赠友人 / 70
五律·遥悼恩师李献芹 / 70
七绝·（徐）玉中奇才 / 71
七绝·贺仁弟玉中七十寿 / 72
五律·赏月寄思 / 72
七律·悟道 / 72
七律·醒世歌 / 73

五律·朋友 / 73
七律·往来洁身不染尘 / 74
七绝·无题 / 74
五绝·写书偶得 / 75
五律·抒怀 / 75
七律·追寻暮年 / 75
七律·致友人 / 76

【流 星 雨】

七律·世情咏怀 / 79
七律·感世 / 79
五律·无题 / 80
五律·命途感赋 / 80
五律·静思 / 81
七律·自吟 / 81
七律·祀桑祈福 / 82
七律·咏梓颂煜 / 82
七绝·感怀 / 83
渔歌子·人生感悟 / 83
五律·在小白马寺会见长海
　　　住持 / 83
七律·悼庆芳 / 84
七绝·望秋 / 85
七绝·题晓非《小憩》照 / 85
浣溪沙·秋思 / 85
七律·莫让伤心眼泪滴 / 86
五律·病榻遐思 / 86

七绝·旧院断想 / 86
五律·悯牛 / 87
七律·怜羊 / 87
七绝·咏柿 / 88
七律·岁寒赞三友 / 88
五律·君子兰 / 89
七律·芍药 / 89
七律·指甲花 / 89
七律·蔷薇 / 90
七律·咏睡莲 / 91
五律·桃花 / 91
五律·樱桃 / 92
七律·初识长寿果 / 92
七绝·小坐临风 / 93
七律·春日偶寄 / 93
七律·扫雾霾遍栽桃李 / 94
七绝·老趣 / 94

下辑　新诗

【天地缘】

生辰哀歌 / 97
母亲，儿女心中的太阳 / 104
父亲，您是我们的荣光 / 114
英雄赞歌 / 124
秋夜思 / 136

颂古桑 / 140
春雪 / 145
笑对人生 / 146
观赏《回声》 感悟人生 / 149

【太阳魂】

万岁，伟大的中国共产党 / 154
西柏坡抒怀 / 157
归来吧，香港 / 159
三月的歌手 / 163

凌空复我旧山河 / 165
坚定地走与工农兵结合的
　道路 / 166
太行山上一棵松 / 174

【耕耘图】

教师赞歌 / 183
"牛"之颂歌 / 184
园丁之歌 / 188
求知·广阔的天地 / 190
负重远行　扬帆奋进 / 192
卧薪尝胆　奋勇前进 / 194
让青春闪光 / 195

飞吧　希望！ / 196
校园放歌 / 199
教改礼赞 / 201
青春永驻　岁月留痕 / 202
老同学　我想对您说 / 212
朋友，请留住那美好时光 / 217

辑 外 音

诗如其人　肃然起敬 / 225

孜孜以求　终身厮守 / 230

茶寿精神 / 242

日月不息　师表常尊 / 252

飞歌动天地，师恩昭世人 / 256

【上辑 格律诗】

岁月浩歌

【天地缘】

岁月迁流　老去悲秋
辞亲易哽　别泪难收
抚摸故土　牵动乡愁
怀严念慈　恩深义厚
我灵魂的家园啊
能得到你的爱抚
是上天赐予之护佑
土地把我点化成小草
让我有幸醉享阳光
安分守理　轻虑浅谋
百花绽放　一笑回眸

七律·追念双亲

二〇〇三年正月初五、二〇〇四年正月二十一日，母亲、父亲先后仙逝。

二〇〇五年清明节为双亲立碑祭奠，碑诗如下：

含辛茹苦塑灵魂，呕心沥血荫子孙。
善良长存壮星汉，忠厚永在照乾坤。
黄鹤有意酹天地，青山无语唱双亲。①
封成马鬣酬父愿，卜就牛眠报母恩。②

注：
①酹（lèi）：把酒浇在地上，表示祭奠。
②鬣（liè猎）：指马颈上的长毛。

二〇〇五年清明

七律·悲悼慈母

清明扫墓泣致喑，眼泪汪汪唤娘亲。
上路无闻吩路语，归门不见倚门人。
生儿育女甘奉献，养家糊口苦相随。
慈存薄侍稀尽孝，遗愆在体痛切心。①

注：
①愆（qiān）：罪过；过失。

二〇一四年清明

七律·痛悼家严

　　父亲郎书善，生于一九一七年五月四日，一九三八年加入中国共产党，投身革命，一九七二年退休，二〇〇四年正月二十一日辞世，享年八十七岁。

　　才辞家母升天堂，又送严父驾鹤翔。
　　慈严痛失沦殁走，儿女恸哭涕泪滂。
　　百年好合家和睦，一命呜呼子悕惶。
　　涓涓恩典千滴泪，巍巍新楼一炷香。
　　爷俩经常谈论语，幽明难再话衷肠。
　　人去楼空寂寥短，朝思暮想迷惘长。
　　日月昭昭思故里，星海浩浩走四方。
　　纺纱织布支前线，驱寇逐匪保家乡。
　　节衣缩食过日子，吃糠咽菜度灾荒。
　　效法前贤尽孝道，激励后人总向上。
　　冬温夏清奉长辈，昏定晨省侍高堂。
　　殷实家道酬先祖，淳朴门风留晚香。
　　佑福兆祥岁月旷，善积德厚永流芳。
　　年节回家儿接送，瓜果酒食任您尝。
　　尚飨！

二〇〇四年二月

七律·重阳怀亲

稚子游学母担忧，千叮万嘱记心头。
半世杏坛勤励志，十年寒窗苦作舟。
有花有刺皆是路，无风无雨难成秋。
荣归故里慰慈恩，思亲再上望乡楼。

二〇一六年十月九日

七绝·雪天遥祭祖

每年农历十月初一是传统祭祖日，不巧一夜大雪把门封上，无法赴坟地祭扫，只好在住地附近勉强扫出一块空地，举行了简单的祭奠仪式。

每逢扫墓总神伤，大雪封山遥点香。
千流本源莫忘祖，万脉归宗常敬桑。

二〇一四年十一月十五日

祭母文

吾母姓原讳计娥，生于公元一九一八年六日十日（农历五月初五），卒于二〇〇三年二月五日（农历正月初五）享年八十五岁。不孝儿率全家人等具清酒、肴馔祭于贤慈之灵前，且以文悼之。①

岁次癸未年，序属己酉天。
雪降白马驿，风啸漳水湾。
星辰已殒没，劳马终歇鞍。
老天恨无眼，凤鸾被拆散。
室寂香奁冷，楼空炕席寒。 ②
花凋春已去，月缺梦难圆。
逝者鹤驾走，熸炬泪偷弹。

吾母生来苦，上苍不佑贤。
一场瘟疫闹，家像塌了天。
父母同罹难，兄长绝人寰。
俩姐嫁远门，幼弟丢一边。
死难葬岩洞，在世忧吃穿。
持家缺经验，求姨代慈严。
在家练纺线，下地学种田。
晴日习刺绣，雨天草辫编。
不图挣大钱，只想换把盐。
还在豆蔻季，勉把嫁妆添。
鞠育七子女，劬劳盖过天。 ③
常虑衣食住，多动犁锄镰。
白昼干农活，灯下纳绳牵。
赡老本不易，哺小更为难。
粥少易计较，孩多难分餐。
苍天不长眼，狠心降荒年。

树下捡落果，山里寻野鲜。
粗糠味蕾涩，肚饱眼睛馋。
稠饭尽小吃，稀汤娘包圆。
胃下垂半尺，腰围瘦两圈。
旧衣轮次第，新鞋过年穿。
孩们渐长大，上学迫眉前。
躬身求指教，虔诚得上签。
只要儿升级，不怕己为难。
踩出荆棘路，蹚过浅水滩。
家慈学孟母，游子享三迁。
尽管家不裕，从不欠酒钱。
疼爱儿体弱，嘱补全鹿丸：
长大要工作，身体是本钱。
才德双优秀，方可立世间。
言听日复日，计从年复年。
游学三晋地，接连闯五关。
若无母悉心，哪有儿今天。
五德一身具，七彩红遍天。
贵贱无亲疏，贫富不吝悭。 ④
亲和讲友善，忠厚待人宽。
初夏谋蚕宝，仲秋绣花边。
出色绣花娘，模范接生员。
家事料理好，公益担在肩。
甩掉裹脚布，撑起半边天。

组建妇救会，成立扫盲班。
军鞋天天做，公粮年年完。
父母重葬事，也常挂心间。
待到战事歇，设法与弟联。
如能早返家，适时把坟建。
遗骨真入土，逝者方安眠。
盛德世所载，功名乡里传。
春晖衔寸草，报恩在何年？
家境才转好，老腿又致残。
耗尽福禄寿，尝遍苦辣酸。
心疾加劳瘁，体衰减母颜。
撒手辞人世，驾鹤归西天。
三牲礼品具，七祭儿女全。
慈母灵不昧，子孙孝当先。
神赴牛眠地，含笑至九泉。
伏惟尚飨（xiǎng）。

注：
①肴馔（yáo zhuàn）：宴席上的或比较丰盛的菜和饭。
②奁（lián）：古代妇女梳妆用的镜匣。
③劬（qú）：劳苦；勤劳。劬劳:劳累。
④悭（qiān）：吝啬。

二〇一七年端午节敬献

追忆荒年·缅怀母亲

生不逢时正成长，天不作美降灾荒。
耕地贫瘠欠养分，庄稼枯焦落飞蝗。
块块大田绝收成，圈圈蓆囤无存粮。
触目岂能不惊心，行动方可少夭伤。
既要设法饱肚皮，又要想方筹公粮。
鳏寡孤独动作快，男女老幼采集忙。
落地豆萁捡满篓，经霜苤叶捋精光。
边走边觅边谋划，随采随晒随收藏。
精挑细选分包装，母扛儿提奔磨坊。
能忍糠菜涩咽喉，犯愁粪球不出肠。
断枝削棍莫怕刺，抠肛通便不嫌脏。
若无春晖千日暖，岂有寸草十里香。
节维慈母吾所寄？一纸祭文告慰娘。

注：一九四二年，我的家乡遭遇了百年不遇的旱灾，粮食颗粒无收，百姓为生活愁断了肠。

母亲是村里的妇女干部，响应"抗旱救灾"的号召，带领妇女儿童积极投入到自救的斗争中，她所表现出来的超人的胆识和勇于担当，受到乡亲们的赞扬。

恰逢今年五月初五是她老人家诞辰一百周年纪念日，值此，不孝之子向在九泉之下的妈妈，献上《追忆荒年·缅怀母亲》这篇纪念文，以告慰生我、养我、疼我、爱我的亲娘。

二〇一七年六月

七绝·回归故里凭吊

人去楼空泪两行,双亲驾鹤已西翔。
难忘落叶归根处,犹记儿时野菜香。

二〇一八年四月

七绝·端午神游①

端午神游返故乡,跪在墓前哭老娘。
心香一炷开洞府,祭文千字涕泗滂。②

注:
①端午是我国传统节日,也是母亲诞辰纪念日。身在千里之外,不便返乡祭拜,是神游使夙愿得以补偿。
神游:感觉中好像亲游某地。
②心香:旧时谓心中虔诚,就能感通佛道,同焚香一样。后也用指真诚的心意。
洞府:犹洞天。道教称神仙居住的地方。
涕泗(tì sì):眼泪和鼻涕。滂:大水涌流貌。
涕泗滂:形容哭得很厉害,眼泪、鼻涕流得很多。

二〇一七年五月三十日

七律·悼亡

兄弟生离哥怅惘,父母死别子恓惶。①
荒郊何处墓三尺,老眼他乡泪千行。
春风有意吹梦暖,寒月无情照夜长。
忍看山野添新冢,痛悼亲人哭断肠。

注:
①大弟联芳,小我三岁,幼年早逝。
母亲、父亲分别于二〇〇三年正月初五和二〇〇四年正月二十一日辞世。

二〇一七年十二月十日

七律·清明祭

墓碑亭亭唱高风,哭棒化柳守坟茔。
白昼多把慈严颂,夜里常被悲梦惊。
承先总应怀远志,继业怎能输后生。
有愧无言当此日,三省吾身传孝经。

二〇一五年四月五日

七绝·秋思

人近黄昏好追想,谁主沉浮问苍茫。
奔波未酬父老愿,一叶秋思寄故乡。

二〇一六年十一月十二日

七律·秋兴

雨后霜来红叶秋,月波微漾绿溪流。
长随圣泽享甘露,久念祖恩效孔丘。
云山自笑首将鹤,瀛海谁和身亦鸥。
庆赏良辰莫辞醉,物换星移乐悠悠。

二〇一五年十月十八日

七律·敬题将军诗

戎马生涯战火连,疆场跃进硕勋添。
逐鹿中原传捷报,抢渡长江奏凯旋。
碧血感应天色美,丹心映照佛光圆。
金瓯万里留鹤影,锁钥千秋伴牛眠。

后记:舅父原金锁,山西黎城渠村人,云南省军区正军职离休干部。因病医治无效于二〇一三年九月五日在解放军昆明总医院逝世，享年九十二岁，安寝于昆明金宝山陵园。噩耗传来时，我正在医院疗伤。为赶去昆明最后送老人一程，我说服了医生提前出院，由女儿郎帆陪我云南奔丧。在滇期间，应表妹的请求写了墓志铭，此诗就是其中的碑诗。

二〇一三年九月二十五日

七律·敬挽增善叔

噩耗急传惊四邻，雨欺吊客泪沾襟。
丹心未付韶光去，碧血空随日月存。
社稷兴衰照肝胆，苍生苦乐牵梦魂。
古道热肠圣水洒，浇出桑梓一片春。

后记：增善叔于二〇一六年五月二十四日（农历四月十八），心脏病猝发辞世，享年75岁。噩耗震颤，悲恸至极，特赋诗作念。

二〇一六年五月

七律·缘

天地大观本性空，恬淡尽在虚无中。①
相逢是缘同奋斗，互敬乃福共峥嵘。②
忍辱负重似抱憾，解衣推食仍从容。
事有常变虔心在，修身养气千日功。

注：

①性空：佛教名词。佛教认为一切事物的现象，都有它各自的因和缘，而没有实在自体，故称"性空"。

虚无：有而若无，实而若虚，道家用来指"道"（真理）的本体无所不在，但无形象所见。

②抱憾：心中有遗憾的人。

二○一四年十一月二十二日

七律·沉湖记忆

一往情深向楚天，探亲顺访军训连。
昔日乐走"长征路"，今朝苦练"南泥湾"。
牵绳拉犁宁做马，揉面坠胎不歇鞍。
千里行程始足下，百年啼笑付姻缘。

后记：爱人王书娥，大学毕业后，接受党组织安排于一九六八年九月至一九七○年三月，赴沉湖农场劳动锻炼，任女兵连炊事班长。因接待兄弟连参观，在揉大面团准备蒸馒头时，由于用力过猛，造成意外坠胎。金婚将至，追忆往事，再次品尝个中滋味，也算作对这段历史最后的追忆。

一九七○年八月

七律·重九秋怀

八月悲风九月凉,几声雁唳过重阳。①
旧地梦随千里雾,遥天韵洒满庭霜。
追忆炽热离绪短,羁旅肃然乡愁长。②
南国望中生思远,切盼团聚再举觞。③

注:
①唳(lì):鹤、鸿雁等鸣叫。
②离绪:离别的情绪。
  羁旅(jī lǚ):长久寄居他乡。
③生思远:引发深深的思绪。
  觞(shāng):古代称有酒的酒杯。

一九六九年十月

七律·八月的记忆
——题婚纱照

借得尘世一叶舟,百年好合喜庆收。①
上下求索寒窗苦,左右逢源风骨遒。②
俯仰无愧从容走,进退有为逍遥游。
浑忘发际飞霜雪,唯有青春倩影留。③

注:
①一九六七年八月五日是作者与爱人王书娥的结婚

纪念日。

②尘世：佛教徒或道教徒指现实世界，跟他们所幻想的理想世界相对。

③风骨：指人的气质，品格。

遒（qiú）：强健；有力。

④浑：全；满。

倩影（qiàn yǐng）：美丽的身影（多指女子）。

题补结婚照

日月运光，流韵吐香。
百年好合，比翼鸳鸯。

二〇一五年八月

七律·题老伴结肠手术后留影

红叶题诗现晋阳，宝婆摇针绣鸳鸯。
石破天惊逗秋雨，婚晚育迟笑儿郎。

二〇〇七年一月

七律·兰薰桂馥后裔贤

位卑未必缺姻缘，患难糟糠苦中甜。
并肩五秩星拱月，携手百年凤伴鸾。

翳翳狱室鸣鞭短,森森寒气刑具残。①
同舟共济历风雨,兰薰桂馥后裔贤。②

注:
① 翳翳(yì yì),光线暗弱。
　森森:繁密貌。这里是形容阴沉可怕或寒气逼人。
② 兰薰桂馥:比喻德泽长留,历久不衰。亦用来称人后裔昌盛。

二〇〇七年一月

七律·金婚放歌

事而不疑命由天,彼此相交谁问年。
寒耕热耘桃李艳,昏定晨省子孙贤。
携手五秩星拱月,同心八旬凤伴鸾。
眼底河山凝倩影,笔端风雨唱贞坚。

二〇一七年八月五日

七律·致晚霞
——写给献身国防事业的爱妻王书娥

风华正茂图纸爬,卅年为舰闯天涯。
窗前新植长寿树,屋后旧栽凤凰花。
春催榴火一杯酒,夏坐庭院半碗茶。

无情岁月匆匆去，粼粼波光透晚霞。

二〇一七年十一月二十一日

西江月·颂妻

信守相夫教子，践行共济同舟。
羞跟朋辈计薪酬，鄙视跳梁小丑。

喜大布图耐久，拒脂粉少擦油。
不同西子竞风流，堪比岁寒三友。

二〇一七年十一月十六日

七律·七十有八生日感怀

卅九重开叶知秋，古城何处觅封侯。
民声总比帝声远，宦途权当征途优。
细咀诗书甜为饮，精敲唐韵苦作舟。
不将白发歌黄落，愿伴青春唱绿游。

二〇一七年三月十日

七律·春日即事

节届清明祭祖宗，今日扫墓景不同。
惊见碑前明盖土，似觉地下暗兴宫。
本想兄弟陪父母，未料仲伯分西东。
忍泪含悲恭奠酒，无尽感伤罪身躬。

二〇一四年清明

七律·又是三月踏春风

又是三月踏春风，高中学友聚黎城。
共忆寒窗思往事，同酌玉液话离情。
暮岁热恋白马驿，儿时喜爱安徒生。
故旧新知撩醉意，轻歌曼舞乐升平。

后记：二〇一八年四月初，老伴为参加中学同学聚会写了一首七律诗，我为此诗稿润色而记之。

二〇一八年四月六日

七律·孙趣

深居简出远客稀，娇孙绕膝自依依。
铺纸涂鸦权作画，策马叼羊且宽衣。
睡前着枕听故事，醒后离床演让梨。

常跟戚友玩竞技，每每赛车夺第一。

二〇一四年十月

七绝·陪外孙女叮当游西湖

山花烂漫柳丝柔，荡桨戏水西湖游。
十里碧波留倩影，满船诗梦寄杭州。

二〇〇八年五月

七律·亲家院中纳凉

万顷沃野飘花香，千里云山沐夕阳。
无事坐听百鸟啭，有钱难买片时凉。
神清顿觉暮年短，目爽猛催口占忙。
触景生情思韵律，吟诗作赋尽风光。

二〇一三年八月

五律·银海莺歌

只身江湖闯，斩浪鱼满舱。
道远能坚持，任重敢担当。
苦难独自受，甜美全家尝。

旧愫情脉脉，新图景煌煌。①

注：
①愫（sù）：诚意；真诚实意。
　脉脉：凝视貌。后多用作情思。
　煌煌（huáng huáng）：明亮貌，也形容光彩鲜明。

二〇一三年十一月一日

五律·祥瑞全家福

祖辈知荣辱，世代行尊儒。
书山寻智果，学海觅慧珠。
三思方举步，百折不服输。
厚道长寿享，祥瑞全家福。

二〇一三年十一月九日

七律·大海情思

旭日东升紫气来，白浪滔天荡尘埃。
飞鸥举翼无拘束，快鱼鼓腮有美差。
轻将陈事付学费，誓把春风温心怀。
莫笑南山疏懒客，褒赞寒梅独自开。

二〇一三年十一月十日

七律·清明雨思

万物鲜华雨乍晴,山花烂漫柳条青。①
满院晓烟闻燕语,半窗朝日照蚕生。
旧宅已破无人住,故园虽在有谁耕?
心系热土桑梓敬,焚香祭祖话丰登。

注:
①鲜华:鲜亮。这句话说雨后万物一新。

二〇一五年四月十日

【山水情】

我们期待的风景,似乎都在远方。其实只要我们是一个有心人,带着爱美之心观察,处处都是风景。

记得还是那位德国大诗人歌德所说,大自然是被写下来的一部最伟大的书,在她的每页字句里,都有深奥的消息。

五律·郊游

薄雾缀云头，重露染金秋。
苍山画里卧，清泉石上流。
极目眺远景，健步越溪沟。
风光无限美，旖旎不胜收。

二〇一二年七月

西江月·雨留古武当道观

初夏得闲，偕学子张红及其爱人魏延其同游武安古武当山。上得山来，云遮雾绕，仿佛入了仙境。一阵风吹过，大雨瓢泼，为避雨我们就近进了一间旧屋，一位道士装束的人接见了我们，通过寒暄、攀谈，偶然间领悟了"天外有天"的真谛。

既想寻芳览胜，
就应袖雾携云。
多情风雨献殷勤，
意为游人添韵。
莫问金炉香烬，
却聊日月星辰。
醍醐灌顶洗埃尘，
相伴行恭辞顺。

二〇〇八年六月

七律·七步沟

飞瀑涌泉三春柳,
隐奇匿秀七步沟。
神工鬼斧峻峰险,
斜径陡坡峡谷幽。
惯见云闲无俗虑,
静听鸟唱有禅修。
长辨清浊留玉镜,
但识善恶上层楼。

二〇一六年四月

七律·天河山

牛女夜夜遥相望,①
何罪之有限河梁?②
织造云锦天孙孝,
棒打鸳鸯父王狂。
喜鹊搭桥红尘破,
月老牵线赤绳藏。
挑战神权去魔障,③
欢声笑语热山乡。

注:
①牛女:指牛郎织女。
②河梁:即桥,又借指送别之地。

③魔障：佛教用语，恶魔所设的障碍，后泛指人生所遇到的波折或磨难。

二〇一四年九月十六日

五律·聚龙山莲花洞

龙脊太行魂，莲花宝塔神。
泉飞一道带，峰挂半天云。
鬼斧钻洞见，春涛隔岭闻。
依依别胜地，回眸笑语频。

二〇一五年五月一日

七律·王垴

峰回路转紫气来，盘旋百丈上瑶台。
山着盛装童子染，栌织红毯仙女裁。
俯瞰梯田迷醉眼，仰望霞光照玉钗。
若无天地造奇美，何有诗囚畅抒怀。

二〇一五年十月二十四日

七律·五杰山

千峰竞秀草葱茏，万树相拥柿子红。

龙旋天瓮客历险,仙居洞府石峥嵘。
林梢风动摆山雨,寺外云游散晚钟。
太行氧吧八百里,中华伟业五杰功。①

注:

①五杰:指辅助元世祖忽必烈创建大元王朝的开国重臣刘秉忠、郭守敬、张文谦、张易、王恂曾在本区滴水洞紫金书院潜心研究经天纬地、治国安民之学问,人称"中华五杰"。

二〇一五年十月二十八日

七律·沙河桃花源

鬼斧神工造奇观,裂峡撑起一线天。
窥察两壁凹凸对,鸟瞰双层上下联。
溪水潺潺瀑飞泻,香风习习雾漫延。
品尝山野居小院,宛如置身桃花源。

二〇一五年十一月十四日

七律·雨后山村即景

久雨初晴飞彩虹,水秀山青木峥嵘。
鸟喧碧树蘑撑伞,蝶舞绿丛花展容。
羔羊争啃荆棘叶,雏鸡巧啄蚂蚱虫。

此时独享桃源景，何日与你风光同。

二〇一五年七月十日

五律·晨练登山

雨霁数峰青，云散鸟争鸣。
拾级登仙境，翘首仰寿星。
呼吸促循环，吐纳保养生。
觅句思山水，敲韵伴谷风。

二〇一五年五月十日

七律·花果山

郁郁苍梧海上山，怪石嶙嶙隐灵泉。
柳暗花明风景美，云蒸霞蔚草木蕃。
团圆宫中做佛事，水帘洞里话西天。
莫让妖雾迷住眼，当以金睛向真诠。[①]

注：
① 真诠：犹真谛，真义。

二〇一五年七月十一日

七律·微山湖

昔日铁道与寇斗，今朝微山访客稠。
芦苇招手水含笑，荷叶点头花娇羞。
数只轻舟腾细浪，几行白鹭过玉楼。
踏足胜地铭记史，触景生情英雄讴。

二〇一五年八月二十三日

七律·运河颂

壮丽长河史悠久，贯通京杭连五洲。
隋帝赏花浚水道，吴王争霸凿邗沟。①
拓宽加深扩运量，截弯取直畅物流。
今古文明辉映美，时空信息折射优。

注：
①邗沟（hán gōu）：古运河名。春秋时吴王夫差为了争霸中原，在江淮间开凿。

二〇一五年八月二十二日

七律·虎丘吊古

越吴霸业已东流，凭吊虎丘意悠悠。
山庄静谧层峦翠，塔影斜横岁月稠。

王陵红日隐檐底，佛殿林鸟鸣枝头。
兴衰胜败春秋鉴，卧薪尝胆史册留。

二〇一四年八月十五日

五律·鼋头渚

旧地太湖游，信步登鼋头。
万顷碧波览，千里风光收。
花堤横黛浪，绮阁唱白鸥。
鸟鸣林壑静，客去赞声留。

二〇一四年八月十四日

七律·水乡周庄

璀璨明珠嵌水乡，沧桑古镇美名扬。
雕梁画栋史厚重，沈宅张厅业辉煌。
桥自门前通贵府，船从院中过友邦。
渔女摇橹放歌唱，吴侬曲曲赞周庄。

二〇一四年八月十五日

七律·拙政园

栉风沐雨经劫年，雅致清幽拙政园。

繁花争艳树泛绿,茂竹滴翠草生烟。
借来远塔添妙趣,堆就奇山赏红莲。
杜鹃闹春惊画栋,鸳鸯戏水绕芳轩。

二〇一四年八月二十日

七律·崂山

登上崂顶瞰大千,紫气岚光水连天。
汩汩清泉穿洞过,潺潺溪流越岭旋。
秦皇汉武觅仙药,道士骚客留诗篇。
快意雄风源自海,巨峰旭照示岿然。

二〇一四年十月二十三日

七律·魂定锡崖沟　心醉太行魂
——为郭亮"挂壁公路"点赞

流冰泻玉岭石寒,珠围翠绕锦上添。
凿崖钻洞辟蹊径,贴壁筑路悬高天。
亦幻亦真云作画,且行且看道如烟。
穿越始知愚公苦,扶摇方觉百姓甜。

二〇一四年八月二十日

七律·二仙宫[①]

息肩老友聚丹川，朝罢御匾参二仙。[②]
有求必应福来者，无懈可击助维权。
古槐巍巍正荫庇，生肖栩栩欲翻跹。
姊妹升天已难考，兄弟抬爱捷足先。

注：
①二仙宫：山西高平一处庙宇，相传晋时有两姊妹同受继母虐待，常仰天痛哭，一日感动天神，下降黄龙，二女乘龙升天，遂成仙女。她俩关心民间疾苦，遇有求雨、求药、求子女者，有求必应。上党一带辗转流传，极为崇信，遂建庙祀之。

②丹川：泽州府所在地丹川（今山西省晋城东北）。

御匾：借指皇城相府。这里是被皇权恩宠五代的陈氏家族的旅居地。这个家族中最出名的主人便是康熙的讲经老师、辅助康熙达五十一年之久的陈廷敬。这里陈列着康熙皇帝赐给陈廷敬的御匾。

二〇一四年八月

七律·登上天安门城楼

万民广场万众游，一条长龙一票求。
城门五阙人挤门，重楼九楹客赏楼。
移步丹陛红旗舞，翘首金顶祥云流。

远树不遮千里目,中华复兴展鸿猷。

二〇〇八年七月

七律·寻梦陶公祠

踏歌寻梦兴味旺,飞越江堤情激昂。
芭蕉经雨高过树,翠竹笼烟绿透墙。
俯瞰老街怀千古,仰望白云吟流芳。
拜罢陶祠心坦荡,桃源记忆韵文长。

二〇〇九年六月十八日

七律·乐山大佛

弯弯栈道远客稠,堂堂大佛笑影投。
水驮巨身二百尺,匠凿断崖九十秋。
造型奇伟好张目,体态雍容快解忧。
倚得鲲鹏天外卧,放怀胜景一览收。

一九九八年八月

七绝·日本纪行

一　东京街头即景

绿草青松衬彩云，乌栖檐下鸽近身。
相逢点头示问好，车内多见读书人。

二　登东京阳光大厦展望台

阳光大厦万丈高，远看楼端冲云霄。
快步登台极目眺，疑似东京被霞烧。

三　寄情富士山①

旅游首选第一峰，富士五湖水清清。
依得圣山眺远景，无限风光无限情。

注：

①富士山：日本第一高峰，著名的火山。在本州岛中南部，东距东京八十公里。海拔三千七百七十六米。山体呈标准圆锥形。山顶终年积雪，火山口直径八百米。有温泉、瀑布。北有富士五湖（堰塞湖），风景优美。日本人奉为"圣山"。自公元七八一年有文字记载以来共喷发十八次，最近一次喷发在公元一七〇七年，现仍有喷气现象。为游览胜地。

一九九七年二月

忆江南·新加坡纪游

风光好，旖旎靓狮城。
异草奇花南海雨，祥云瑞气亚洲星。
人在画中行。

七绝·新加坡览胜

万千气象巧匠工，东西南北览无穷。
擎天大树拔地起，花园泳池挂半空。

二〇一六年七月

[思乡曲]

谁都有自己的故乡,也都有各自的思乡之情。对于故乡,日夜思,入梦境,如影随形。它的美,已经融化在我的血脉里,成为生命的重要组成。

五律·乡恋

地动拔高崖，天蝎座自发。
羔羊馋嫩草，清水饱细沙。
夏露绿植被，秋霜红叶花。
尧乡歌盛世，把酒话桑麻。

一九九二年五月

七绝·灵岩奇耸

作者家乡峻口村东，高崖山根，一片酷似宝剑样之怪石，紧贴着崖壁巍然屹立，挺拔向上。千百年来，它像一尊守护神那样，佑护着河套人的成长。

长剑耿耿倚天外，
紫气徐徐东方来。
出入仙山常瞻拜，
拔塞指迷亦消灾。

一九八八年八月

七律·贵福临门

为害旱魔已驱除，
家乡父老享贵福。

天河穿云山腰过，
龙水润土苗根舒。
我得春光醒睡眼，
农依雨露长青蔬。
小桥流水门前路，
回眸居然一画图。

二〇〇〇年十月

七律·乡思

天河弯弯崖上挂，
富水涓涓润细沙。
春种夏管锄上雨，
秋收冬藏囤中花。
野雉咏唱恋晨曦，
归羊撒欢戏晚霞。
六畜兴旺福百姓，
五谷丰登强国家。

一九七六年十月

七律·漳南渠①

雨雾堤柳绿如帘,
影珠山色春风恬。
壮怀踏上英雄路,
健步行在红旗边。
战天斗地熔顽石,
洒汗流血谱新篇。
凿洞穿岩引漳水,
越岭架桥灌良田。

注:

①:漳南渠,始建于一九四二年,一九六六年二月在原基础上扩建、改建,一九七三年八月一日竣工通水。渠首起襄垣县北底乡东宁静村青石岩下,引浊漳河水入渠。它是太行革命老区——山西省黎城县上遥镇人民自力更生修建的一条能灌溉万亩土地的水渠,曾被中央新闻单位誉为"小红旗渠"。

一九八〇年十二月

七绝·渠边春景

渠水清冽柳拂堤,
浣纱少女弄涟漪。
蓦然一阵桃花雨,

脸面飞红染素衣。

二〇〇八年四月

七律·广志山

广志拔地太行雄,
漳水萦回思无穷。
万壑锦绣染春色,
千山斑驳点秋容。
妇孺烧香奶奶殿,
祖孙拜佛药王宫。
家乡胜境享静谧,
自然氧吧谢天公。

二〇一七年十月

七律·瓦瓮瓷[①]

太行地灵百姓夸,
漳河奔泻积落差。
雷鸣玉碎千钧力,
雪溅珠飞万朵花。
柳借金风摇两岸,
桥靠钢索锁双涯。

俯瞰危崖伏足下,
仰视云栖五色霞。

注:

①瓦瓮瓮(wǎ péng wèng),在山西省黎城县大寺村东。浊漳河至此,落差加大,湍急之水流狂奔而下,坠入一个如瓮状的大坑中。由于河水长期冲刷,逐渐形成一个口小肚子大的像瓦瓮一样的瓮体,人们形象地称它为瓦瓮瓮。为扩大这一自然景观的影响,政府投资加固并装点了勇进渠之堤坝,架设了联结漳河两岸的钢索桥,巧妙地将这两个景点连在一起,形成了循环往复、安全便捷的游览路线,这样,游客既可以站在几十米高处俯瞰瓦瓮瓮之全貌,又可以择机饱览勇进渠的风光。

二〇一七年十月

七绝·风洞

南马、东社之界山中藏一风洞。乡间有许多传说,至今无人能讲清楚。近年来,南马人在他们那一面修庙建寺,营造一种祭神氛围。

跋山涉水拾级上,
善男信女祈祷忙。
香风劲吹洞府暖,
醍醐遍洒世间凉。

二〇一七年四月

五律·马鞍山下咏怀

相马走眼迷,
弃鞍绝世姿。
古庙断烟火,
童声绕恩梯。
踏上书山路,
奠定郎家基。
沐浴这方土,
谁能不谢师。

后记:马鞍山,一座酷似马鞍的山峰,巍然屹立于山西黎城县上遥镇浊漳河南岸。据传,此山为当年伯乐相马时将鞍子遗弃此地,随着山河变迁,逐渐变成了正社村的一道自然屏障。

作者童年曾随姨姐夫李宪芹在正社村庙里完成小学学业。二年的学习生活让我对恩师及这方孕育人才的热土产生了一种特殊的感情,每当路过此地,总有一种牵心的感觉,故作诗咏怀。

二〇一七年十月

七律·五尖山前放歌

寒窑油灯古庙远,
书声琅琅荡五尖。

垂柳悬月歌盛世，
长河映日飞高檐。
风旋岩洞敬香远，
雨润禾苗饮水甜。
花香鸟语无限景，
人杰地灵几许兼。

二〇〇八年八月

七绝·红石公园

红石公园百里廊，
亘古未有现时香。
放勋历法今何在？
思越千载问尧乡。①

注：

①传说中父系氏族社会后期部落联盟领袖陶唐氏，名放勋，史称唐尧。传曾设官掌管时令，制定历法，咨询四岳，推选舜为其继承人。其当政期间曾在黎城这块古老的土地上生活过，因此，后人把黎城称作尧乡。

二〇一七年十二月

七律·探亲感秋

故乡，亲情的纽带，生命的根脉，儿时的记忆，当下的牵挂………回家的路总是亲切的、热情的，想起家，满眼都是风景。

暑退凉生景自佳，延颈鹤望飞高崖。
人造银河福百姓，林染锦谷乐千家。
神桑留根启后嗣，新村含秀吐奇葩。
顿忆职场陈年事，倦鸟归巢惊栖鸦。

二〇一〇年十月

七律·望乡

云际婵娟出又藏，羞见老院露寂凉。
简径草遮房基瘦，粉墙霉变顶棚黄。
度日辛苦聚欢少，羁旅萧然离怨长。①
身在景中无处写，白首布衣羞还乡。

注：
①羁旅：长久居住他乡。
萧然：形容寂寞冷落。

二〇一四年中秋

五律·回乡会友

人老思念长,春深梦更香。
探家祭祖宗,登门拜同窗。
开轩面场圃,把酒话麻桑。
拥抱大自然,携手牵夕阳。

二〇〇二年十月

岁月浩歌

【太阳魂】

九九怀念
——恸哭毛主席

题记：

伟大领袖和导师毛泽东主席于一九七六年九月九日零时十分在北京逝世，享年八十三岁。挽歌飞扬，举国悲伤；地生寒气，云翳天光；秋风瑟瑟，眼泪汪汪；节哀运笔，倾吐衷肠。

忽闻巨星落，亿万人泣血。
凌飙卷高树，罢酒语声绝。①
悲笳数声动，挽歌一曲噎。②
哀伤阵阵来，肝肠寸寸裂。
车船齐鸣笛，城乡同蹙额。
躬身静如森，飘幡泪似雪。
苦苦相挽留，依依难惜别。

注：

① "凌飙卷高树"改自颜延之《秋胡诗》："原湿多悲凉，回飙卷高树。"凌飙：凌厉的暴风，是江青笔名"峻岭"和林彪名字的谐音组成。

② "悲笳数声动"引自杜甫《后出塞》诗："悲笳数声动。"悲笳：悲凉的笳声。笳：古代军中所用的号角。

一九七六年十月

七律·瞻仰毛主席遗容

天安门上日正红，纪念堂里赤子躬。
跋山涉水求解放，辟地开天谋大同。
百年长计百事举，千秋伟业千钧功。
领袖风威仰寰宇，感恩戴德拜毛公。

一九七八年十月

七律·韶山日出东方红

巍峨拔地一奇峰，紫气迎神下九重。
碧血丹心驱虎豹，雄才大略斗蛇龙。
满门忠烈惊天地，醒世英豪建奇功。
涤荡尘海舒望眼，日出东方多朝宗。

一九七二年十二月

沁园春·导师颂

绝代雄才，远瞩高瞻，世代梦牵。
看星火燎原，井冈旗卷；改天换地，血碧心丹。
叱咤风云，江山指点，慷慨悲歌奏凯旋。
挥巨手，气壮乾坤转，变了人间。
欣迎大地春还，看柳绿花红状万千。

有导师指引，红旗招展；光辉思想，普照人寰。

革命精神，率先垂范，砥柱中流耀史篇。

功德在，举世同敬仰，覆地翻天。

一九七四年十月

七律·赞颂恩人毛泽东

少怀壮志久凌云，高扬马列主义真。
爱洒千家谋福祉，光照万户亮乾坤。
英雄战天创伟业，人民斗地颂功臣。
天理岂容三七论，挑战邪祟见精神。

二〇一六年十二月二十六日

七律·缅怀领袖毛泽东

韶山儿子敢担当，策马远行气堂堂。
开天辟地驱虎豹，安邦定国斩刘张。
胸怀寰宇找真理，笔底洪流泻大江。
泽及百世功德满，名垂千古日月长。

二〇一三年十二月

七律·拜读《毛泽东诗词》

自古华夏出圣人,峥嵘岁月铸诗魂。
雪舞长城描画卷,旗飘宝塔展经纶。
吟成妙语惊天地,赋就新辞泣鬼神。
笔下风雷犹在耳,绝代佳作照乾坤。

二〇一三年十一月十五日

七律·"七七事变"留下的记忆

常忆弹痕锁旧楼,难忘铁蹄躏神州。
翻新岁月三千纪,激荡风雷九十秋。
钢铁长城五湖颂,英雄儿女四海讴。
枪声远逝喧嚣渐,克敌制胜靠筹谋。

二〇一五年七月

七律·拜谒左权墓

磊磊枕石溅血花,哀哀孤冢起悲笳。
太行浩气传千古,烈士魂梦绕天涯。

一九八六年六月

五律·黄崖洞

天造黄崖洞，巧匠创军工。
白手奠基业，赤胆斗倭凶。
枪炮供前线，将士建奇功。
英名垂史册，笑唱东方红。

后记：黄崖洞在山西黎城北部，海拔两千米，因山中峭壁有一天然石洞而得名。抗日战争时期，八路军在此建立兵工厂，为华北前线我军武器来源之重地。一九四一年十一月十日，日军五千多人陆空配合，向黄崖洞发起进攻。八路军总部特务团近千人，英勇奋战八昼夜，打退敌人十多次冲锋，完成了掩护兵工厂转移之任务。

一九九三年五月

七律·星夜踏访伯承桥

星夜探家赴县城，搭车过涧忆伯承。
野岭新霜浓有色，拱桥渠水缓无声。
携手踏访英雄路，并肩思念北斗星。
穿渠引漳福百姓，黎民感谢子弟兵。

一九五六年九月

七律·九三胜利大阅兵

日月合璧吉星照,礼炮七十冲云霄。
装备方队展成就,老兵阵容仰弥高。
英雄不朽薪火传,正义必胜明德昭。
倡导和平共处事,天耀中华一代骄。

二〇一五年九月三日

七律·习马会①

台湾政局景若何?习马会面开先河。
西风刮处寒光闪,孤岛悬时笑语和。
兄弟谗阋释嫌隙,朋友交好促合辙。②
相忍为国锲不舍,齐声高唱一统歌。

注:
①习马会:指中国共产党总书记习近平与台湾国民党主席马英九会面。
②谗:说别人的坏话。阋(xì):争吵;争斗。
谗阋(chán xì):说别人坏话而争吵、争斗。

二〇一五年十一月七日

七绝·祝贺长征五号首飞成功

嫦娥献花步正莲,吴刚捧酒走中天。
欲问蟾宫谁折桂?长征五号奏凯旋。

二○一六年十一月三日

多年创作实践,使我更加懂得草木缘情的道理,也让我更加了解"岁寒三友"象征挺拔、潇洒、高洁、孤傲、耐寒、抗争等品性,与我们尊崇的仁人志士、英雄楷模的优秀品德是高度契合的。因此我把《赞松》《赏竹》《咏梅》三首诗特意放在《太阳魂》这一章中,借以表达我对那些仁人志士、英雄楷模的无比崇敬之情。

五律·赞松

手植知何代,占春摆雷台。
寒侵身笔立,雪压叶展开。
一任荆棘妒,几经洪旱灾。
终生修贵体,南山不老材。

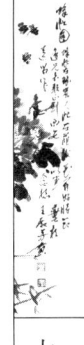

二○一五年十二月

七律·赏竹

破石惊天点染山，头角峥嵘丽九原。
玉体凌霄承雨露，绿茵匝地润福田。
百尺高风抒正气，千竿亮节示志坚。
羞伴桃李争春色，乐与松梅傲岁寒。

二〇一三年七月

七律·咏梅

阅尽沧桑未染尘，寒岁持节诵清芬。
铮铮铁骨傲霜雪，盈盈玉蕾吐温馨。
疏枝忍受狂风损，暗香岂可稷蜂亲。
缕缕芳魂凝洽日，融融紫气报熙春。

二〇一五年一月

【岁月歌】

童年时代的记忆

幼小心灵的萌动

生于己卯正岁。
天赐山月作朋。
常食小米稠饭,
总穿大布粗缯。
蒙受儒家思想,
点化稚嫩心灵。
平日绕膝求教,
偶尔荷锄伐荆。
崇敬德高望重,
鄙弃阿谀奉迎。
向往莺歌燕舞,
赞赏寒梅凌风。
继承先辈事业,
光大祖德家声。

五律·腊月上山砍柴

寂寞孤峰冷,
棘阻路难行。

爬坡踏厚雪,
攀崖履薄冰。
入山长老引,
出门慈母叮。
瘦柴虽蓬乱,
照样把馍蒸。

七律·跟叔进山秋耕遇狼历险记

一

蔓草寒烟锁晚秋,
杀茬耙地挂心头。
叔抚聘辔落子戏,
侄倚征鞍信天游。
学艺拜师童蒙愿,
立命安身良善愁。
登高眺望生思远,
有谁不为稻粱谋?

二

正牵套马走垄沟,
忽见仨狼游坡头。
边察边谋刚侧耳,

且防且退已凝目。
频频扬鞭震樵牧,
阵阵吆喝惊朋侪。
山顶大叔连声吼,
弃柴挥担驱害兽。

后记:父早年参加革命工作离家走,家中的土地由良善叔帮助打理。记得九岁那年晚秋时节,按习惯秋收之后一定要犁一遍地,那天我随叔进山犁地,忙碌了一天准备收工,突然发现地头的荒坡上有三只狼向我们进逼。叔嘱咐我躲在马肚子下,他抓紧去收拾农耕具,准备尽快离去。一匹马驮着农具走在前面,我牵着另一匹马紧随其后,叔拿着鞭子断后。一路上,三只饿狼多次逼近,皆被叔扬鞭和马尥(liào)蹶子击退。当我们走出山准备快速返家,这时在相邻山顶砍柴的两位叔叔发现我们后面有狼尾随,他俩边喊叔叔的名字,便弃柴下山撵狼,在他们的帮助下,我们安然脱险。

浣溪沙·离家随姐夫外乡读书

从小读书庙里修,
先生潇洒墨汁稠,
玩童烂漫信天游。

十岁游学山道走,

百年厚望母亲忧,
还乡薄礼把师酬。

五律·思念

少小好桑麻,
惯看娘绣花。
拾荒穿蓢籽,
熬夜挑灯花。
平日勤含秀,
考场多吐葩。
佳绩谢恩师,
喜报酬爹妈。

二〇一三年十二月二十六日

搏击风浪的追忆

七律·在风浪中领航

风起云涌形势变,高度民主荐轩辕。
士卒身先看世界,魁帅帐后筹盘缠。
立足潮头搏击浪,翘首故园仰望天。

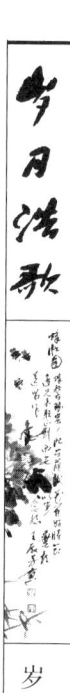

清源尚须愚公力，正本有赖子孙贤。

后记：

"文革"初期，实行巴黎公社式的选举，产生权力机构——文化革命委员会，我被选为学校文化革命委员会主任。从此，开始了非常时期的一段艰苦的旅程。

一九六六年十月

七律·劫后余生争朝夕

高天滚滚号令急，战鼓猎猎心离离。
革命无罪有圣旨，造反有理无樊篱。
明枪暗箭谨防备，稷蜂社鼠空叹息。①
脱胎换骨暴洗礼，劫后余生争朝夕。

注：

① 稷：谷神，也指祭谷神的地方。社：土神，也指祭土神的地方。稷蜂：谷神庙里的蜂，社鼠：土地神庙里的老鼠。皆比喻仗势作恶的坏人。

一九六七年九月

七律·诬良为盗害无辜

远离尘嚣归小庐，暂避硝烟隐腐儒。

荷锄熟练除杂草，挑灯自觉读圣书。
昼闯雷区雷公笑，夜闹刑房刑隶哭。
鬼蜮伎俩施残暴，诬良为盗害无辜。

一九六七年十一月

七律·"文革"悲泪

脖挂金牌屁股撅，头顶高帽转千街。
腹背染遍斑斑血，颈项勒出条条穴。
昼锁牢门思罪过，夜赴刑房受谴诘。
只愁雪虐梅无奈，鏖战春寒枝高洁。①

注：
① "只愁雪虐梅无奈"改自杨万里《戊戌正月二日发作》诗："只愁雪虐梅无奈，不道梅花领雪来。"

一九六八年一月

五律·无题

犬吠羊迷惘，碉暗鸟失常。
魔头点鬼火，奸宄害忠良。
超俗伪君子，绝伦虐待狂。
猴戏刚开场，陟彼马玄黄。①

注：

① "陟彼马玄黄"改自并取意于《诗·周南·卷耳》："陟彼高冈，我马玄黄"。陟（zhì）：升；登。此处"玄黄"指疾病的意思。

一九七〇年五月

五律·劫后思

劫后草青青，幽幽隐此情。
黑店藏黑客，歪嘴念歪经。
狂人易叛道，冤鬼难复生。
勠力阴霾扫，日新月清明。

一九七二年十月

七律·征途有感

半生坎坷不入流，征途遭劫未封侯。①
风云变幻权易失，乱局困扰志难酬。
小丑跳梁执牛耳，壮士断腕斗貔貅。②
曾几何时同甘苦，怎可一夜结深仇？

注：

① 入流：封建王朝把官员分成九品（九个等级），九

品以外的官员进入九品以内叫入流，泛指进入某一等级。

②执牛耳：古代诸侯订立盟约，要每人尝一点牲血，主盟的人亲手割牛耳取血，故用"执牛耳"指做盟主。后来指在某一方面居领导地位。

貔貅（píxiū）：古籍中的猛兽名。

一九七二年四月

七律·风雨中同行
——献给患难与共的朋友

鳄流伪泪动绞杀，鲗放毒汁酬军阀。①
人为刀俎怅龌龊，我为鱼肉鬼狡猾。②
世路悠悠乱离阻，行道迟迟风雨加。
根根傲骨支广厦，腔腔热血沃中华。

注：
①鳄（è）：指鳄鱼。鲗（zéi）：指乌鲗，同"乌贼"。
②刀俎（dāo zǔ）：刀和砧板，比喻宰割者或迫害者。鱼肉引自《史记·项羽本纪》："人为刀俎，我为鱼肉。"刀俎指宰割的器具，借指宰割者，鱼肉借指受宰割者，后用"鱼肉"指以暴力欺凌、残害。

一九七二年五月

七律·一曲骊歌长治风

此次辞行缘调动，师生顿时悲慨兴。
兄弟握别挥泪水，学子倾诉扬哭声。
雁断云天留爪迹，士离故土存友情。
面面明镜点点意，一曲骊歌长治风。

一九七二年六月

七律·孔子魂

周游不遂济世心，传道解惑铸忠魂。
德侔天地育先贤，道贯古今明后昆。
夏雨雨人同消夏，春风风人共渡春。①
立身治国亮节在，民之师表万代尊。

注：
①"夏雨雨人""春风风人"均比喻给人以教益或帮助。

一九八六年九月

岁月浩歌

【耕耘图】

七律·教坛感怀

立誓笃爱桃李园,红烛化作人梯篇。
潜心伏案师表善,俯首耕耘弟子贤。
传道解惑德为本,修身养性智当先。
斗转星移时势变,义无反顾照撑船。

一九九八年九月

七律·微言

攀龙附凤一时新,色厉内荏少知音。①
求学莫为浮名累,履职突出夙夜勤。②
盛衰写实春秋史,功过考验天地心。
俯仰由人多受罪,归真返璞不辱身。③

注:
①色厉内荏:外表强硬而内心怯懦。
②浮名:虚名。夙夜:早晨和晚上,泛指时时刻刻。
③俯仰由人:比喻一切由人支配。
归真反璞:即返璞归真。去掉外在的装饰,恢复原来的质朴状态。

一九九八年十二月

五律·溯洄吟①

传道斗风雪，破冰心未歇。
哪惧岁月苦，唯愁学问缺。
修业谦受益，进德品高洁。
补天五石炼，浴日夕阳斜。

注：
① 溯洄（sùhuí）：逆流而上。

二〇〇一年九月

七律·喜聚振兴　笑对人生

——为长治县北宋中学高一班师生聚会作

又是三月踏春风，北中师生聚振兴。
共忆寒窗思往事，同斟玉液话离情。
登高望远览佳境，上台献艺施才能。
喜看今朝迎笑脸，乐见明天飞歌声。

二〇一八年四月七日

七律·洗去征尘赏晚霞
——献给长治县北宋中学高三班

年年冷月照天涯,嚼尽风霜似品茶。
白首喜迎春听雨,青眼笑慰燕归家。
瘦草有心晒留影,枯藤无力抱琵琶。
寻源疑踏桃花路,洗去征尘赏晚霞。

二〇一八年五月一日

五律·疾风知劲草
——写给敢于蔑视权威的小勇士们

题记:一九七二年六月初,作者调离长治,战友送行全在情理之中,二十多位只有十几岁的学生竟然冒着遭受责难的风险,长途跋涉近百里到长治北火车站送行,他(她)们的这一非凡举动一直敲击着我那颗脆弱的心,令我无法释怀。

诸生跋涉忙,一夜天地苍。
笛声犹远近,背影渐微茫。
晋冀距离短,师生思念长。
疾风知劲草,酥雨润红芳。

二〇一八年六月十一日

七律·再拜同窗

今日再次拜同窗，推襟送抱诉衷肠。①
畅叙暌违半世纪，共话团圞一间房。②
时节如流韶光短，岁月不居好景长。③
信步闲观东逝水，深思慢忆少年狂。

注：
①再次拜同窗：指二〇〇二年五月八日上午参加山西大学百年华诞庆祝会后，物理系五九级同学聚会。
推襟送抱：比喻推诚相见。
②暌违（kuí wéi）：分离；不在一起。
团圞（tuán luán）：团圆；团聚。
③韶光：美丽的春光。比喻美好的青年时代。
不居：不停留。"岁月不居，时节如流"引孔融《论盛孝章书》句。

二〇一四年五月

五律·同学聚会感赋

荫后各自忙，难得面同窗。
聚会光阴短，别离岁月长。
客途多梦寐，人事几沧桑。
相距千里远，重逢尽补偿。

二〇一六年五月十日

七律·赠友人
——赞学长范福亭[1]

五载流光弹指间,一生溢彩无愧天。
华年志立海河畔,壮岁功成汾水边。
别离长恨路万里,聚会短晤话千言。
青春作伴胜手足,白首放歌雁行联。[2]

注:

[1] 范福亭,男,山西临猗人,是作者在山西大学物理系(五年制)学习时的同班同学。他在校期间担任校学生会主席,是作者的入党介绍人。大学毕业后入伍在天津服役,后转业回太原,在国营企业担任领导工作。

[2] "青春作伴胜手足,白首放歌雁行联。"改自杜甫的《闻官军收河南河北》诗:"白首放歌须纵酒,青春作伴好还乡。""雁行",谓并行、平列而次序。"雁行联"引自钱起《李四劝为尉氏李七勉为开封尉》诗:"采兰花萼聚,就日雁行联。"又引申为相埒(liè劣)如兄弟。

二〇一六年五月

五律·遥悼恩师李献芹[1]

恩师走得匆,未了绛帐情。
一日承教诲,终生记叮咛。
是非知鹿马,泾渭见浊清。

遗训励学子，诔文吐心声。②

注：
①李宪芹，我姨表姐夫，是我小学阶段游学之启蒙老师。先生于二〇一四年八月六日辞世。因路远、时紧，无法赶去奔丧，作小诗悼念。
②诔（lěi）文：哀悼死者的文章。

二〇一四年八月于山东日照

七绝·（徐）玉中奇才
——和徐玉中藏头诗

玉郎乘舸闯险滩，中流砥柱挽狂澜。
奇志异趣行慥慥，才高八斗性谦谦。①

注：
①慥慥（zàozào）：笃厚真实貌。谦谦：谦逊貌。

二〇一五年四月二十六日

附

徐玉中原诗《风雨（郎）联正》
风吹教苑正华年，雨打芭蕉似眼前。
联古通今家国事，正邪曲直且随缘。

七绝·贺仁弟玉中七十寿

吾弟七秩写禅心,满腹诗书下笔神。
君子谦谦无量寿,仁者皓皓风韵存。

二〇一五年九月三日

五律·赏月寄思

飞鸿越山岭,佳讯动小城。
苦练三伏雨,躬耕四季风。
未曾师李杜,怎敢比诗翁。
寄心忆旧事,挥毫抒晚情。

二〇一六年中秋

七律·悟道

不辩菽麦莫种田,诗词优劣谁执鞭。
师承前贤指引路,借助宝典攀登天。
取精用弘细把脉,咬文嚼字粗成篇。
勤拜涤思多悟道,修得正果心里甜。

二〇一五年一月三日

七律·醒世歌

长行何必计名利,保持本色志不移。①
憧憬莫嫌蜃景远,追悔别提觉悟迟。②
积铢累寸脱稚嫩,审时度势去迷离。③
直面人生破痼癖,握有真知少叹惜。④

注:
①长行:犹言远行。
②蜃景:通称海市蜃楼。大气中由于光线的折射作用而形成的一种自然现象。
③迷离:模糊而难以分辨清楚。
④痼癖(gù pǐ):长期形成的、不易改掉的癖好。

二〇一四年十一月十一日

五律·朋友

朋如左右手,相济互帮扶。
良友益才智,佳俦补笨愚。
俯首勤奋笔,伏案好疾书。
协力可造田,齐心能围涂。

二〇一四年十一月十六日

七律·往来洁身不染尘

结交朋友讲自尊,为人处世见本真。
生物全懂共生理,情种单失同情心。①
风前不作花枝媚,火后方知玉质贞。
扫荡腥膻安澜在,往来洁身莫染尘。②

注:
①共生:两种不同的生物在一起,相依生存,对彼此都有利,这种生活方式叫共生。
情种:感情特别丰富的、特别钟情的人。
②腥膻:又腥又膻的气味,比喻丑恶污浊的事物,也指入侵的外敌。
安澜:指河流平静,没有泛滥现象,比喻太平。

二○一五年三月二十四日

七绝·无题

在职履职执教鞭,退隐开拓自留田。
着墨秃笔写歪史,举觞白眼望青天。①

注:
①"举觞白眼望青天"引自杜甫《饮中八仙歌》写宗之的句子:"宗之潇洒美少年,举觞白眼望青天,皎如玉树临风前。"

二○一四年十二月二十六日

五绝·写书偶得

读报认知新,识禅养神尊。
传道谢前贤,著书留后人。

二〇一四年十一月十三日

五律·抒怀

贫老文有限,亲市不疏田。
誉虚魂搅扰,名浮梦拒牵。
客稀见闻减,路远往来偏。
游子无旁骛,触景兴陶然。①

注:
①旁骛(páng wù):在正业以外有所追求。
陶然:形容舒畅快乐的样子。

二〇一七年十月二十六日

七律·追寻暮年

岁月催老近黄昏,披霜蹈雪尚精神。
虔心誓做传道者,赤胆甘当护花人。
伏枥犹然腾万里,暮年更加颂三春。

不尽情思欣遂愿,连番梦境喜成真。

二〇一六年十一月二十八日

七律·致友人

一九六九年十月十日下午,我将在沉湖部队农场探亲期间写的几首诗,送给八连长。过几天后,他将一首《七律·答友人》回赠于我。读后有感,欣然命笔。

汉江激浪稀客到,战地黄花逐诗潮。①
胸怀祖国瞻远景,放眼世界睹狂飙。
九野探险风雪阻,八极挥斥神鬼嚎。②
革命不分男与女,风流人物看今朝。

注:
①战地黄花:是作者在部队探亲期间,为活跃军训战士的业务生活,创办的板报名称。
②九野:即九州。古代指天的中央和八方,即中央的钧天,东方的苍天,东北的变天,北方的玄天,西北的幽天,西方的颢天(亦即昊天),西南的朱天,南方的炎天,东南的阳天。

八极:最边远的地方。
挥斥:犹奔放。《庄子·田子方》:"夫至人者,上窥青天,下潜黄泉,挥斥八极,神气不变。"郭象注:"挥斥,犹纵放也。"

附

王新春连长《七律·答友人》诗（联正略作修改）

七律·答友人

汉江激浪迎客到，八连阵地泛人潮。
胸怀朝阳瞻远景，脚踩热土涌巨涛。
翻滚碧血豪情吐，挥动红戈神鬼嚎。
飒爽英姿武艺练，反帝防修立功劳。

王新春
一九六九年十月

岁月浩歌

【流星雨】

七律·世情咏怀

童蒙娇憨缺酬酢,涉世未深被龌龊。①
崇尚礼义应深省,淡泊名利羞拜佛。②
诚与黄花沽酒醉,肯同绿柳伴莺梭。
登高望远尘虑少,人寿年丰喜庆多。③

注:
①酬酢(chóu zuò):主客相互敬酒,泛指应酬。
　龌龊(wò chuò):不干净,脏。
②深省:深刻地醒悟。
③尘虑:指对人世间的人和事的思虑。

二〇一三年十一月二十五日

七律·感世

大千世界满眼帘,咄咄怪事充胸间。
鸱争腐鼠蛇吞象,蚁附腥物螳捕蝉。①
鸠占鹊巢禽兽险,狐假虎威狼狈奸。
人心惟危看长远,遏制贪欲俭养廉。②

注:
①鸱(chī):古指鹞鹰。亦指鸱鸮(chī xiāo):泛指猫头鹰一类的鸟,鸟头大,嘴短而弯曲。吃鼠、兔、昆虫等小动物,对农业有益。

②人心惟危：《书·大禹谟》："人心惟危，道心惟微"，蔡沈集传："人心易私而难公，故危；道心难明而易昧，故微。"按：此本《荀子·解蔽》引《道经》之语，仿古文《大禹谟》取之，为宋儒理学所据。参见"十六字心传"。在旧社会里也常用来称坏人的心地险恶，不可揣测。

二〇〇五年八月

五律·无题

杞人忧天崩，生客各自呈。
明星慌日短，醉汉叹金轻。
盗贼窥财物，无赖耍酒疯。
劝君莫非分，奋力获新生。

二〇〇八年五月

五律·命途感赋

命途多遇舛，得道通路宽。①
新交鄙陋俗，旧好赞婵媛。
诗词拙舌咏，苦难铁肩担。
饱经风霜苦，方感春意甜。

注：
①命途：指平生的遭遇、经历。
　舛（chuǎn）：不顺遂；不幸。

二〇一三年八月

五律·静思

少小无不及，朽迈思居低。①
避荣轻利禄，守静重诗词。
谈笑鸿儒寡，往来白丁稀。②
穰岁惟子志，弄孙且含饴。③

注：
①朽迈：年老衰朽。
②鸿儒：学识渊博的学者。
　白丁：中国古代社会里指没有功名的人。
③穰（ráng）：丰盛。

二〇一四年九月

七律·自吟

两山对出隐小村，一河穿越绿家门。
燕绕飞梁擦耳过，葩开热土拂面熏。
短居古庙修行浅，久向孤灯道行深。

学步依凭上路早，风韵仰承护花人。

二〇一三年十二月

七律·祀桑祈福

晨吐霞光热道场，风吟峭壁唱庙堂。
坛上祭品销俗虑，炉内香火呈吉祥。
山佩玉带添佳境，水沃金沙饱钱囊。
尽除邪祟粲然笑，倾箱倒箧叩三皇。①

注：
①箧（qiè）：小箱子。倾箱倒箧：把箱子里的东西都倒出来，指尽其所有。
三皇：指古代传说中的帝王，说法不一，通常称伏羲、燧人、神农为三皇。或者称天皇、地皇、人皇。

二〇一五年十月

七律·咏梓颂煜

儿媳妹求我为其女赵梓煜作一首祝愿诗，应之。

日出东方紫气来，照临秦晋花盛开。
梓荫庇护宗祧德，煜光辉映子孙乖。①
锦衣还乡风入袖，绣褓围嘴月盈怀。②

前人栽树佑后代，程门立雪学成才。

注：
①宗祧（zōng tiāo）：旧时指家庭相传的世系。
②襦（rú）：短衣；短袄。

二〇一四年三月五日

七绝·感怀

半生寥落半清狂，梦写乾坤日月长。
如烟往事难回首，义无反顾大旗扛。

二〇一六年十月

渔歌子·人生感悟

漫漫人生坎坷程，崎岖踏尽路方平。
朝露重，晚霞轻，千枝万树醉春风。

二〇一六年十月

五律·在小白马寺会见长海住持①

尘落山寺应，步履荡轻声。
入门遇佛事，抱拳拜高僧。

圣果穿肠过，护符随身行。
惜别叙旧短，感慨油然生。

注：

①长海，山西长治县人，曾做小学教师，后出家修行，时下为晋城白马寺住持。二〇〇四年五月，由老同学康杰南引见，方得相会。

二〇〇四年五月

七律·悼庆芳①

忽闻兄谢梦魂惊，噩耗不胫传小城。
欣幸黉门结益友，痛惜泉路隔幽明。
兴奋摊纸意草隶，潇洒挥毫任纵横。
遗爱永存今似古，身名谁辩死如生。

注：

①庆芳，指高庆芳，山西黎城东关村人，系作者初中同班同学。爱好广泛，多才多艺，特擅书法，且有一定造诣。我俩长期交往，互相帮助，友谊渐深。学兄辞世，悲恸难抑：回忆当年知己，挥笔几个能比？从此阴阳两隔，梦断书生气。

二〇一五年清明追怀

七绝·望秋
——做客女儿同学孟宁家

老圃秋色花信风,豪宅盛意故园情。
乐见蕙草饶淑气,喜闻时鸟变新声。

二〇一七年七月三十日

七绝·题晓菲《小憩》照

翠微紧抱一潭平,池面如镜倩影清。
酸枣开花蜂逗引,宓妃竞飞蜜速生。

注:
宓妃(mì fēi):传说中的洛水女神,喻指蜂蜜。

二〇〇一年四月

浣溪沙·秋思

顺势登高纵目长,顶天依赖气轩昂,夺冠全靠志坚强。
药补莫如三顿饭,蜗居胜过百花庄,每日必看养生堂。

二〇一七年十一月

七律·莫让伤心眼泪滴

的哥振东我问你，为啥愣对翁媪欺？
歪头一瞟"乡巴佬"，张口就骂"老东西"。
既已身躬将车驾，何不德彰把善积。
人随岁月都要老，莫让伤心眼泪滴。

后记：
一日，由女儿陪同我和老伴，在北京市内游玩，准备打车回家，遇到一位素质低劣、满嘴脏话的司机，其言行有辱老者，也损害首都名声，对于这种人应多几声呵斥。

二〇一六年二月

五律·病榻遐思

俏鞋追时尚，畸脚演悲壮。
筋骨被挤压，肌肉受挫伤。
咸渍足遭罪，药浴家添忙。
常记切肤痛，谨慎别疏狂。

二〇一三年九月五日

七绝·旧院断想

旧院荒芜曾几时，断壁犹在草如丝。

花开寂寞东风里,果结姽婳让谁吃?①

注:
①姽婳(guǐ huà):闲静美好貌。

二〇一七年十月

五律·悯牛

负重年复年,忍辱鞭连鞭。
汗洒神州路,血沃华夏田。
粮丰掌柜笑,肉肥屠商奸。
有谁表愤慨,垂泪问青天。

二〇一三年八月二十六日

七律·怜羊

呱呱坠地微颤悠,嗷嗷待哺奶水求。
满腹经纶溢膏血,浑身披挂作锦裘。
馋草恋圈泪易淌,跪乳衔恩情难收。
头羊引领族群走,代人受过何以抽?

二〇一三年十二月

七绝·咏柿

百谷蓁蓁兆岁稔,珠果离离馋路人。①
霜重寒多摇红叶,款待墨客酬佳宾。

注:
①蓁蓁(zhēn zhēn):草木茂盛貌。稔(rěn):庄稼成熟。离离:繁茂貌。

二〇一八年一月

七律·岁寒赞三友

朔风卷雪雪封山,滴水成冰冰漫川。
百卉凋零沉壑底,三友相约度岁寒。
竹长方觉松柏寿,梅开才悟桃李凡。
入情入理冬客赞,品节卓异靓丽天。①

注:
①品节:品行节操。
卓异:高出一般,与众不同。

二〇一五年一月二十日大寒

五律·君子兰

天赋君子相,兰室把家当。
叶舒雁展翅,花绽蜂吮浆。
克己风骨雅,修身仪态庄。
相见一时喜,承欢几辈香。①

注:
①承欢:迎合人意,博得欢心,特指侍奉父母感到欢喜。

二○○三年九月

七律·芍药

形似牡丹初夏开,亭亭玉立巧手栽。
扑鼻香味蜂纷至,耀眼美色蝶沓来。
风狂百折茎耐弯,雨骤千损体不衰。
闲伴晚霞靓院落,静待迟日红楼台。

一九七○年九月

七律·指甲花①

仙魂慰藉金凤妆,映红星斗满院香。②

不比迎春入时尚，莫羡牡丹吐芬芳。
炎夏赤身战酷暑，寒秋裸体斗浓霜。
百姓信服驱毒灵，民间广传染甲王。

注：

①指甲花，又名凤仙花、金凤花。花入药，有活血消肿作用，治跌打损伤、毒蛇咬伤、白带等。鲜花外擦治鹅掌风。花配白矾捣成泥状，敷手指或脚趾上，包严，过夜甲被染红。

②仙魂：凤凰的魂魄。古代以凤凰为神鸟，故把指甲花叫凤仙花。凤凰的魂灵化为凤仙花，以作慰藉。

一九八八年九月

七律·蔷薇

依溪傍路自横陈，装点贫地不似贫。
繁花淡淡生遥夜，狂蔓滚滚及芳邻。
细细嫩蕊暗引蝶，尖尖锋刺欲伤人。
拒向名园争宠位，烘云托月亦减尘。①

注：

①烘云托月：比喻从侧面加以点染以衬托所描写的景物。

二○一○年九月

七律·咏睡莲

狂风骤起众香残，暴雨瓢泼万顷淹。
雷鸣电闪蟾发怒，枝折叶落鸟飞烟。
绿茵荫处寻春梦，翠柳陌头泛波澜。
倒伏荷柄复无力，亭亭玉立唯睡莲。

二〇一七年九月

七律·桃花

清明雨霁沐春阳，水岸花蹊绮树妆。①
蝶飞缀条深浅色，虹映点露参差光。②
常道艳魂可迷醉，谁说新寡不溢香？③
徘徊尽日难离弃，盘旋黄昏对酒觞。④

注：
①花蹊：花间小路。绮树：美丽的树，指桃树。妆：装饰，点缀。
②深浅色：指桃花颜色有深有浅。点露：带露。参差光：指露珠在阳光下闪闪发光。
③艳魂：喻桃花。新寡：指卓文君。卓文君，西汉人，曾新寡失夫，后嫁与司马相如。文君貌美，比喻桃花美艳。
④酒觞：酒杯。

五律·樱桃

尤物诱人谗,朱樱远上兰。①
宫中千官涩,园内百姓甜。②
笑吻樊素口,梦弹琵琶弦。③
心醉约佳丽,偷眼艳阳天。

注:
①尤物:指优异的人或物品(多指美女)。
朱樱:红色樱桃。朱樱、上兰、千官:语出唐王维《敕赐百官樱桃》:"芙蓉阙下会千官,紫禁朱樱出上兰。"上兰:汉宫观名。故址在今陕西长安县西。
②千官:多官意。
③樊素口:语出唐白居易风流名句"樱桃樊素口,杨柳小蛮腰"。
琵琶:语出白居易《琵琶行》。

二〇一五年六月二十五日

七律·初识长寿果

爷孙引进灵树栽,保芽护蕾侍花开。
淡淡菲菲胭脂脸,殷殷屯屯腻粉腮。①
绿叶盈盈迎晓日,红果晶晶媚鬼才。②
依风含笑面大海,长生何必去蓬莱。

注：

① 淡淡：浅笑。菲菲：草木茂盛美丽，也说花草香气浓郁。

殷殷屯屯：见《盐铁论·国病》"殷殷屯屯。人衍而家富。"殷殷：众多貌。屯屯：可理解为聚集很多。

② 盈盈：仪态美好貌。晶晶：明亮貌。

二〇一七年十月

七绝·小坐临风

玉兔从容走中天，嫦娥不老正果甜。
蟾宫折桂成往事，小坐临风人自仙。

二〇一七年六月

七律·春日偶寄

几日清闲物外天，《草木缘情》敲心田。①
赶场选苗遍察访，带秧乘车遭阻拦。
旅友齐声把情讲，司机易口将笑添。
坑深土厚栽子壮，花容媚客果实甜。

注：

①《草木缘情》：这里指我国台湾中国文化大学景观系潘富俊教授所著、商务印书馆出版的一本书。

二〇一七年三月十二日

七律·扫雾霾遍栽桃李

行善人还在施斋,毒瘴疠暗暗袭来。
垃圾物眉飞色舞,臭水沟异想天开。
觊觎者上蹿下跳,跟屁虫鬼使神差。
扫雾霾遍栽桃李,须晴日乘流放排。

注:
瘴疠(zhàng lì):指热带或亚热带潮湿地区流行的恶性疟疾等传染病。

一九九六年一月

七绝·老趣

临风对月享清闲,饮酒和诗赛神仙。
夕阳无限情有限,吟罢桃李咏杜鹃。

二〇一七年七月十六日

【下辑 新诗】

岁月浩歌

【天地缘】

生辰哀歌
——悼念母亲

六十四年前的今天，

一个幼小的生命在母亲的襁褓中诞生；

六十四年后的今天，

一颗脆弱的心在祭奠母亲的悲恸中呜呜。

失去母亲即失却了爱，

霎时变成了被乌云淹没的孤星。

太行脚下有母亲生我的地境，

漳水之滨有母亲流泪消磨了的年轻。

母亲，我懂得，生了儿子娘高兴，

但迫于特殊的家境和望子成龙的心情，

您不得不割舍"儿绕膝"的欢愉，

硬着头皮送儿乡间游学四年整。

可以说，生我时便开始了母亲流泪的一生，

刚懂事的我便离家孤身飘零。

十年寒窗　踏上了人生旅程，

性格倔强　不苟言笑　似与人漠不关情。

一生坎坷　遭遇多少冰冷，

淡泊名利　自爱又自重。

是母亲奋发图强的精神，

让我早早就学会了自力更生，

开始了我这一生的扬帆远行。

……

母亲！假如您将我生得木石一般无情，
也省得在"三场"的旋涡里茫然驰骋；
假使您将我生得鹿豚一样愚蠢，
也只好沉默地低调地忍受世人的作弄。
但是　那固执的痴情与这自诩的聪明，
决定了我在人生的道路上转战不停。

母亲！是您付出骨血　九死一生，
用您的生命换来儿女的生命；
是您流淌热汗　含辛茹苦，
喂饱了孩子才露出笑容。
世界上的爱多得数不清，
惟有母爱毫无私欲，
不图回报与馈赠。
永远给予，
像一泓取之不尽、用之不竭的甘泉；
永远付出，
似一座育树生草、花香鸟语的青岭。

母爱！是母亲给予儿女的真挚感情，
正是有了母爱，
儿女才可能获得真正的呵护，
人间才可能呈现出眷恋深情。
母爱的博大赛过大海，

母爱的深远超越苍穹。
是母亲用乳汁哺育我们成长，
是母亲忍辱负重建立起和睦家庭。
是母亲呕心沥血给我们立起航标，
母亲像春蚕吐丝一样耗尽自身，奉献了一生。
何须用笔墨渲染，
更多地在掌上怀中，
无限思念　瞬间的永恒，
蓦然回首时，
灯光阑珊处有母亲的身影。

母亲！您从小就失去了双亲，
姐弟俩相依为命。
俗话说"穷人的孩子早当家"，
您十四岁就撑起当家理财的门庭。
料理家务　忍气吞声，
换来了和善睦邻的家境；
生儿育女　相夫教子，
赢得了贤妻良母的美称。

曾记得　日寇侵华　百姓遭蹂躏，
为避免鬼子侵扰，
您扶老携幼　翻山越岭　躲进岩缝，
敌机在头顶盘旋，
大炮在山外轰鸣，

您怕被敌人发现，
安抚老人小孩不准出声，
掩护了乡亲　也保全了全家性命。

曾记得　四二年闹灾情，
您上山采野菜　下田捉蝗虫，
战胜了荒魔　迎来了新生。
由于整日糠菜鼓肚皮，
儿大肠干结便不通，
是您一次次用柴棒抠出"羊粪蛋"，
帮儿解除了难忍的疼痛。
六十年后儿又犯病，
母亲的大爱精神在姊妹中传承，
弟弟为我做推拿，
妹妹送我通便灵，
感受弟妹情谊的浓，
告慰母亲在天之灵。

曾记得小时候妈妈陪儿看夜景，
搬完高阶数星星，
一曲小词送我入梦境：
"明奶奶　高挂挂　爹织布　娘纺花，
孩儿哭得泪哇哇……"
朗朗歌声满院庭，

似与星月在争鸣。
十年心计十载成,
一颗红心一盏灯。
是母亲煞费苦心为儿择师东西走,
是母亲节衣缩食给儿筹粮送菜南北行。
若没有母亲往日含辛茹苦,
哪来儿今天耀门庭。
……
讲述不完母亲的奉献,
书写不尽母亲的恩情。
莫忘平凡琐事之潜在功能,
牢记母亲临终的无语叮咛!

此刻 想起母亲心思重重,
母亲的遗体葬在山窝里,
青山可以为母亲作证;
母亲的遗像安放在家中,
儿女永远不忘您的谆谆教导和以身作则的引领。
手抚哭棍轻轻拍打,
像是在激活母亲的神经,
呼唤母亲早日康复,
切盼您的咳喘迅速减轻。
抬起头跟我们讲话,
回家去还操持手中的营生,

与父亲相伴走完人生路,
来世还一起同舟共济享太平。

看　坟头的细草体态轻盈,
像山神派来的侍女,
轻舞梳子将母亲的银发梳得齐齐整整,
紧握毛巾把母亲的瘦脸擦得干干净净,
为母亲留下永久的亮节高风。

看　当年亲手插在墓堆上的那根哭棍,
也将悄悄地羽化成一株翠柳　玉立亭亭。
它就是上天赐予的一把天堂伞,
为您老挡雨遮风,
它也是犬子请来的一名侍从,
将母亲服侍得
冬温夏清昏定晨省。

母亲啊,母亲!
敞开您的胸怀吧,
让儿重新依偎在您的怀中,
哺乳　学语　唱歌　夜间数星星。
听　树叶在空中舞动不停地发声,
那是母亲您在再三叮咛:
"兄妹常往来"　"家和万事兴"

母亲啊,母亲!

请您老相信:

儿子会身先士卒　一定传承好家风!

二〇〇三年正月二十

母亲，儿女心中的太阳

母亲原计娥
离开我们整整十二个年头了。
每当祭日　诞辰日，
儿子总会有许多感伤。
心底涌动着恋母的情结，
脑海中浮现出慈母的形象。
母亲的养育之恩，
永生难忘！

母亲
您是一位从旧社会过来的
普通农家妇女，
是一位思想开朗向往进步的女性，
"家国一体"的观念很强。
您是妇女解放的代表，
挣脱封建枷锁，
放开裹脚上厅堂。
母亲
您用新鲜、温柔、明洁的光辉，
照耀着一代人成长。

母亲出生在一个贫农家庭，
不满十五岁就辞别亲人
嫁到外乡。
不久
家乡闹瘟疫，
父母、兄长相继身亡；
两个远嫁他乡的姐姐
也先后把命丧。
娘家出了如此大的变故，
简直就像塌了天一样。
无奈
您把相依为命的小弟，
带到自己的身旁，
共度战乱和灾荒。
小小年纪的您，
还一直把
不幸罹难、临殡于石缝中的
双亲入土之事放在心上，
私下跟弟弟作商量：
等待时机，
将遗骨捡拾起来
按礼俗正式安葬。

尽管日子过得很艰难，

但您义无反顾，
把家庭的重担挑在肩上。
艰辛生活的磨砺，
使您变得坚强。
母亲一生生育过七个子女，
受当时生活所限医疗条件所迫，
有病很难就医，
大弟　二妹早殇，
剩下我　大妹　二弟和两个小妹
幸运地躲过了劫难，
成家立业　安然无恙。

母亲
您是一棵参天大树，
荫庇着这个家，
神协气昌　内润外朗，
四世同堂　人财两旺。
母亲
您何曾记得：
三九年您耳畔响起的
第一声啼哭，
那是我来到这个世上。
那清脆　高亢的声音，
打破了黎明前的寂静，

赢得了母亲的心怡神旷
家人的欣喜若狂。
是祖上积德行善，
使这个家迎来了新的希望。
在母亲的精心呵护下，
我也开始了远航。
亲爱的母亲，
是您用圣洁的血肉，
孕育了我这个幼小的生命；
是您用爱的怀抱，
给了我儿时的安享；
让我在襁褓中，
吮吸着
您那甘甜的乳汁，
健康成长。

四二年闹灾荒，
飞蝗蔽日　藜藿充肠。
曾记得：
是母亲拉着儿的手，
拣拾落地的黄豆叶、
顺捋霜打后的蓖麻叶，
搂回滚落在山坡上的藤萝秧。
晒干搓碎搅拌糠，

磨粉蒸窝熬粥汤。
肚子填饱了,
大肠却遭了殃。
逢解手　总怯场,
那些堆积在肠子里
像羊粪蛋一样干结的粪球,
无法排出肠。
憋死了孩儿,
急坏了娘。
是母亲用手指或柴棒往外抠,
硬是把那些顽梗的粪球
挖出了肠。
……

不知不觉
我又长了几岁,
但仍懵然无知,
可母亲早已在为我做书包忙着打样:
蓝绸作面褙作瓤,
名字红丝绣,
沿边金花镶。
款式新颖　美观大方。
新书包背肩上,
高高兴兴上学堂,

一路上吸引了众多羡慕的目光。
没过多久,
听人议论"教书先生是个病秧子。"
母亲担心我学习受影响,
果断决定送我到外乡,
跟在十里外教书的姨表姐夫把学上。
是母亲赶着毛驴驮着粮,
把我安顿好后才返乡。
因为先生勤换岗,
我只好随着走 四年换了仨地方。
如果说
《孟母三迁》歌颂的是母爱,
那母亲的心计,
又何尝不是为儿在着想。
从小学起,
我陆续完成了中学、大学的学业,
为了梦想,
我远赴他乡。
在岁月里不停地奔走,
却从未走出过母亲期盼的目光。

母亲
您的一生
是爱的远航。

岁月的长河，
让您那端庄的脸庞，
失去了几分清朗；
时间的年轮，
碾压出道道印痕，
红润的皮肤，
也快速皱折成了蜡黄。

别人家的产妇
生了孩子月内还在被窝里躺，
母亲您却不一样，
由于姥爷姥姥去世早，
您年幼就把生路闯，
坐月还得早下床。
清汤寡水　辘辘饥肠；
傍亲靠友　善善从长；
风寒侵袭　元气大伤；
关节肿大　指甲畸长。
您真切地体会到：
生一次孩子，
就如同大病了一场。

母亲
为了家庭，

您德行端良。
贡献了青春,
牺牲了健康。
相夫教子　妇随夫唱;
侍奉公婆　孝道至上;
妯娌相处　和睦忍让;
亲朋交往　宽容坦荡;
承前启后　搭桥架梁,
为后人做出了榜样。

母亲
为了生计,
您这个家庭的中流砥柱
支撑生活　搏击风浪。
父亲早年参加革命工作,
家中的许多事,
都要您一人承当。
成年累月　日炊夜纺。
白天因耕地锄草而苦,
夜里为纺花织布而忙。
女人的活计做得漂亮,
男人的活也干得像模像样。
长年超负荷劳作,
本来结实的腰板,

失去了往日的硬朗，
四肢麻木　脏器损伤。
生活的压力　精神的负担，
摧残了形体　损伤了内脏：
罕见的胃下垂十六公分，
严重的十二指肠溃疡。
尽管重病缠身，
性格内敛的您，
心里想的仍然是：
"只要全家老少安康，
何惧自己深痛巨创！"

母亲
为了乡亲，
您施善降祥。
对大家的事
您总是挂肚牵肠，
群众的利益　国家的需要，
您一直挂在心上，
有任务主动担当，
遇困难绝不退让。
战时
您组织妇救会，
带领妇女做军鞋　送公粮，

协助村干部做好坚壁清野，
建立巩固的大后方。
五十年代初，
您响应号召，
组建互助组、参加农业社，
宣传鼓动　昼夜奔忙。
六十年代初，
您响应党的号召
"不在城里吃闲饭"，
毅然回到家乡，
根扎农村，业在田桑。

母亲
您的名字在山间回荡：
区里的"模范接生员"，
远近闻名的"绣花娘"。
不论是亲戚家女孩，
还是村里的姑娘，
向您讨教绣花技术，
您都热心地传授，
一个一个地教
手把手地帮。
一针一线传递着彼此的友谊，
一颦一笑折射着青春的阳光。

母亲

您不仅有一手娴熟的绣花本领，

而且处处表现出

您有一副"热心肠"：

无论前街后巷，

谁家有事

您都愿意帮忙。

您与乡里乡亲真正做到了

有福同享　有难同当。

难怪人们盛赞您：

"寒花晚香"

"德厚流光"

母亲！

您是儿女心中的太阳！

二〇一六年元宵节于北京

父亲，您是我们的荣光

——纪念父亲郎书善诞辰一百年

父亲郎书善山西黎城岐口人，生于一九一七年五月四日，一九三八年加入共产党投身革命，一九八〇年离休。二〇〇四年正月十一日辞世，永远离开了他热爱的这个世界和爱他的人。斯人已去，风范犹在，愿父辈精神薪火相传，生生不息，永世长存！

父亲
出生在一个普通的农民家庭，
祖辈以种田为生，
世代传承着，
正统思想。
父亲
您身体力行　教子义方，
向善行好　慨当以慷。
生计未变年岁长，
一个"改善生活　改变命运"的想法
在您的脑子里酝酿，
您清醒地懂得，
"今天文盲　来日苦长"的道理。
终于有一天，您鼓足勇气把自己的想法
对祖父讲，
未曾想到，祖父心中的想法早就在酝酿，
只是没有对外讲：
"你是三兄弟中的佼佼者，
决定把你送到西水洋，
跟着私塾先生把学上。"

您天资聪颖　学习刻苦，
一年就完成了小"留洋"。
《三字经》《百家姓》
您背得滚瓜烂熟；
《四书》　《五经》
不但会背而且也能讲，
老师夸　家长奖，
村上还推您把小先生当。

父亲
您思路宽　见识长，
边学文化边把出路想。
您心里很清楚：
仅凭识字背文章，
不了解社会　不会理财，
还是不能把家当。
于是　您下定决心去拜师，
刻苦换来了艺高强——
练就一手好算盘
还能记一簿明细账，
更为惊奇的是
您的双手打算盘，
吸引了无数观众的目光，
手指娴熟像琴手，

左右开弓爆了场。
区政府向您颁奖状,
村公所选你当"财粮"。

一九三八年　您悄然无声参加了党,
那时候　形势紧　敌人狂,
好多工作只能在晚上;
为了大家集散方便又顺畅,
支部开会地点选在了吴家庄。
那时候　条件差　没有枪,
依凭桃木棍子壮胆量,
古人讲:"桃木能避邪",
您却说:"紧急情况能顶枪。"
一次会议散得晚,
返家路上遇到了狼,
您急中生智心不慌,
抡起了"枪"打跑了狼。
长期斗争的锻炼,
您在迅速地成长,
您不但用智慧和能力
出色地完成了任务,
而且在干部和群众中
树立起了威望。
您团结并带领支部一班人,

组织妇女做军鞋　男人送公粮,
支援粉碎日军的大"扫荡"。
惩暴诛逆　图存救亡,
保护百姓　保卫家乡。

父亲
您工作积极　组织观念强,
服从组织分配顺理成章。
因工作需要
您被调到三区　在农会挑起大梁,
减租减息
除奸反特
保卫长宁飞机场。
……

一九四四年　太行区党委指示黎城县委,
选派优秀干部赴河南上新岗,
您在派遣干部的名单上。
领导正式找你谈,
了解您正在患疥疮,
"会不会传染？能不能同窗？"
领导正在动脑想,
您猜透了领导的心思,
果断地举荐表兄上。

组织采纳了您的建议,
三十二名优秀干部按时下太行。

一九四六年　土改工作一时走了样,
您不顾个人安危,
说服村委　进言区委
恳求书记"一定要把错误挡!"
区委逐级向上请示
太行区委明确指示:"坚决反对左倾向!"
从此,土改工作重新回到正道上。
事举言扬　泰来否往,
均田分房　除暴安良。

土改工作还没有完全收场,
您就被派到上遥区联社上岗,
肩负起"城乡物资交流"的重担,
俨然变成了一个大"货郎"。
白天售货　晚上记账,
日清月结　货明账朗,
货畅四海　财茂三江,
"发展经济　保障供给"
八个大字深深地刻在您的心上。
不久　您被调到县联社任供销股长
家属随迁也吃上了供应粮。

一九五八年　总路线　放光芒，
行行搞跃进　村村办食堂，
建设高潮未结束　阶级斗争就上了纲，
党委速把重点放在教育上。
一个"插红旗　拔白旗"的计划
悄悄在酝酿，
一场"搀沙换土　更帅易旗"的战斗
迅速被打响。
父亲
您又一次站在了风口上。
还没等结清账，
您就被派到县一中，
站上了"红旗班主任"这个光荣岗。
县领导知道您管财务是内行，
特意让您进支部作组委
名正言顺地把总务主任当。

父亲
您是一位发大心积大德的大善人，
品德端方　古道热肠，
施厚仁滂　敬梓怀桑。
您曾经像小树一样
吸收过大地的营养，

如今您把从社会得到的大爱，
又回馈给您朝思暮想的家乡。
您是一个热血男儿　天性大方，
不管谁家事　您都愿意帮。
弟妹久病床　弟弟多愁肠，
亲情难割舍　心潮易激荡，
进城奔医院　返乡爽解囊，
"不求家富裕　但愿人安康"。
外甥要盖房　缺钱您补上。
羊倌家有难　急速凑现洋。
路人饥与渴　送馍递热汤。
离休回到村　又把"编外"当。
全村红白事　操在您心上。
喜事作主持　白事当主丧。
夏秋收粮食　挨家挨户帮。
队里分蔬菜　把秤带记账。
一个"大善人"　一副"热心肠"。

父亲
您是群众心目中的红管家
也是一位爱讲故事的尊师长，
您对我讲的故事数不清也不会忘。
几乎每则故事
都镌刻着您面容的慈祥，

也诠释着您品德的高尚：
少时有理想　青春有胆量，
壮年襄善举　老来遍地光。

父亲啊，父亲
您就是一本书——生命之书　至高无上。
您生就一身善——降祥施善　意远心旷。

父亲啊，父亲
在儿女的心目中
您就是一棵顶天立地的大树，
为振兴祖业　聚草存粮；
为荫庇子孙　负笈担囊，
以丰盛的产品回报大地，
用崇高的信仰"普渡慈航"。

父亲啊，父亲
在支部的目光中
您就是一座巍然屹立的高山，
为干部撑腰　降福去殃；
为群众作主　旁求博访，
以宽阔的胸膛温暖生灵，
用强劲的臂膀托起太阳。

父亲啊,父亲
在百姓的心底里
您就是一片颂歌召唤的雨云,
为滋润万物　积厚流广,
为复兴大业　情洒兴邦,
给久旱的大地降生了甘霖的"水种",
让焦渴的黎民醉享了天雨的酣畅。
……
父亲,您是我们的荣光!

父亲啊,父亲
今年的生日不同往常——
多了一篇纪念文章。
祭奠照常　对外不张扬,
祭坛上摆满了各式各样祭品——
您爱吃的肴馔与您爱喝的佳酿
此时家奠　尽此一觞。
后有言陈　与日俱长。
尚飨!

二〇一六年三月初四

英雄赞歌

——缅怀舅父原金锁将军

题记：

舅父原金锁，正军级离休干部，山西省黎城县渠村人。一九二一年十一月出生，一九三八年七月入伍，一九四〇年二月加入中国共产党。历任排长、连长、营长、团参谋长、团长、师长、十四军副军长、昆明军区干部学校校长兼党委书记，云南省军区副司令员、顾问等职。戎马经年，战功赫赫。一九五五年授予少校军衔，一九六〇年晋升为中校军衔，曾荣获三级独立自由勋章、二级解放勋章，一九八八年被授予中国人民解放军独立功勋荣誉章。一九八四年五月离休。二〇一三年九月五日病逝，享年九十二岁。舅父是农民的儿子、革命军人、共产主义战士，也是我最敬重的长辈。值纪念抗日战争胜利七十周年之际，作为儿辈的我，愿将我所了解舅父的一些往事以及二〇〇九年、二〇一三年我写的两首七律诗，分别作为序诗和祭诗一并奉献，以飨读者。

序诗

疟蚊夺命如沉舟，稚童讨要牧壑沟。

扛活难解衣食苦，入伍能报血泪仇。
金门几换功臣匾，锁室屡添嘉奖绸。
驱寇逐匪平天下，笑对人生乐悠悠。

　　　　　　　　——《岁月风铃》

逃生

大地乌云掩太阳，一朝消散又重光。
苛捐杂税还不上，只身亡命是家常。
地主老财不打倒，穷人翻身无指望。

家有破屋三间房，七穿八漏透月光。
雨天外面下大雨，屋里顿时变汪洋。
租种地主几亩地，交租以后不剩粮。
一年四季糠作主，三天两头苦菜汤。
老天无眼降灾祸，伤寒袭来人遭殃。
父母兄长染瘟疫，先后相继把命丧。
家无分文办丧事，席片裹尸石缝葬。
嫂子带女嫁襄垣，丢下幼童谁相帮？

借贷清欠穷人苦，催粮逼债地主狂。
人去屋空无指望，抓去孩子来顶缸。
风餐露宿孤庙守，冰天雪地伴牛羊。

地主老财黑心肠，拳打脚踢遍体伤。
饥寒交迫难度日，暗里偷食狗干粮。

"不悲身世不思乡，百结愁成铁石肠。"
走投无路缺仙法，阎王路上闯一闯。
莫给三姐添麻烦，男儿就要走四方。
父母葬处拜三拜，弃家舍亲八路当。

从军

部队转移震上党，闻得信息生主张。
找八路　求解放，冒死也要去武乡。
手中紧握打狗棒，趁着星夜出村庄。
山路爬　河水淌，懵懵懂懂　跌跌撞撞，
一心想着奔武乡，找见八路把兵当。
一路走　一路想：
"父母兄长辞世早，人亡家破空荡荡，
大姐二姐出远门，隔山隔水少来往。
不久三姐也嫁郎，把我带去暂避荒，
地主狗腿耳朵长，抓我回去放牛羊。
相依为命的姐弟俩，从此不能同冷暖　共凄凉。"
想啊想，三姐的话犹在耳边响：
"在家听父母，千万别把祸来闯。

出门靠朋友，遇到矛盾让一让。
走路靠右走，睡觉睡里炕。
衣服缝洗姐姐管，
隔几天来姐家取干粮。"
……
　姐姐呀，你的话　弟弟会永远记心上。
翻山越岭过村庄，路经襄垣遇老乡。
亲人见面多激动，话未出口泪汪汪。
三叔先开腔："锁儿你为啥来下良？"
"有人指引准备去武乡。"
"跟你三姐商量没商量？"
"没商量，我不辞而别，希望姐姐能原谅。
请三叔给姐捎个信，说我参军把兵当。
让姐千万别惦念，我会在部队里好好学打仗。
立战功　保国防。
只要我还活着，总有一天能见面，
姐弟俩好好合计，重新葬爹娘。"
走着想着　边走边想：
何时能戴上五星帽，穿上新军装。
点兵在沙场，杀敌于战场。
想着走着　边走边想：
转起扫堂腿，舞动"自制枪"
依着套路练，格斗不背伤。

不知走了多少路，艰难困苦自己尝。
跋山涉水　风餐露宿，
迷了路寻向导，渴了饿了找老乡，
是沿途群众给我鼓舞和力量。
天作被　地作床，
困了累了照样睡得香。
功夫不负有心人，
踏破了铁鞋　挺起了脊梁，
天遂人愿，
终于住进了部队大营房。

参训

抗日烽火燃太行，部队集结要打仗。
政委紧握拳头作报告：
九一八　炮声响，
日本军刀空中晃，东北军民在抵抗。
"七七"卢沟殇，鬼子放了第一枪，
华北抗日浪潮一浪高一浪。

鬼子残忍又猖狂，无辜的人民正遭殃。
敌人奸淫掳掠，"蚕食"加"三光"。
多少房屋被烧掉，多少牲口被抢光，
多少父母被杀死，多少妻女被奸伤，

多少人的血在流淌,惨案一桩又一桩。

哦!民族,苦难的亲娘!
为你那五千年的高龄,已光荣了无数的先烈。
为你那亿万年的伟业,还要捐躯多少忠良!
今天,日本帝国主义跋扈嚣张,
你受伤的躯体,无形中雪上加霜。
我们只有团结起来,因为团结就是力量!
我们只有坚定信念,因为信念胜过刀枪。
只有同仇敌忾 才能驱逐敌寇,
让红旗高高飘扬!

团长端着机关枪:打仗要用枪,
枪要人来扛,学会使用枪,才能去打仗!
曙光初照演兵场,步伐整齐气昂扬。
摸爬滚打 血性男儿 磨炼意志更坚强,
行军要走路,打仗要端枪。
沙袋绑腿上,每周一次
十里行军来回走两趟。
投弹要投准 引体必向上,
练酸胳膊拉断肠,
不达标准不下杠。

练瞄准 端稳枪,

打实弹　就是打豺狼。

弹上膛　怒满腔，

枪枪上靶　优秀选手当。

坚持天天练　水平月月长。

一旦上战场　弹无虚发

打得敌人屁滚尿流直喊娘！

挂彩

战旗猎猎飘山岗，日夜兼程赴疆场。

运筹帷幄作方案，排兵布阵指挥忙：

"必须端掉敌据点，确保部队行动畅。"

战壕里　射手瞄准弹上膛，

荆棘丛中　侦察兵穿插忙。

隐约听见敌堡里发出狂叫声，

间忽听到敌兵毫无目标乱放枪。

须警惕　要提防，

继续前进遭阻挡，果断剪断铁丝网。

钻进去　细观察，综合信息报情况。

指挥所里　步话机频频响，

传来的信息在激荡。

接收情报后，

指挥员在思量。

突然间，

营长（金锁）跃出战壕站在高台上。
正要举起望远镜向前望，
敌人的子弹打个冷不防。
警卫员手疾眼快，
迅速按倒免受伤。
一连冲上伤亡大，二连上去多伤亡，
情急之下登台再观望，
谁知敌人的子弹早上了膛，
一梭子弹打过来，正巧打在上颌处，
穿过后脑勺　头破血流溢脑浆。
警卫员急呼战友来救场，
卫生员赶忙上，扶上担架下山岗。
救护车等路旁，接上伤员急驰忙。

医院里一切准备都停当
车一到马上抬上手术床。
手术室里，灯光亮　刀叉响，
护士打吊针，医生手术忙，
人人盯岗位，个个倾力量。
奋战几小时，
终于安稳地被送进了重症监护房。
心里装任务，脑中想战场，
昏迷中还对身边陪护的人员讲：
"冲！冲！冲！上！上！上！"

麻醉过时疼痛长，医护人员正紧张。
拿着麻针刚要打，
"我的身体壮，这点疼痛我能扛。
把药匀给重伤员，好让他们早复康。"
久躺床上常在想，主官缺岗欠正常。
一旦听到炮声响，心里着急摩拳又擦掌。
向团部请求上战场，尊首长　话铿锵：
"伤未好，静心养。
待到痊愈日，再去把岗上。"

　　　庆功会上，热泪盈眶。
　　　首长表彰，荣登红榜。
　　　站台中央，慷慨激昂。
　　"请求首长，批准上岗。"

　　　前方佳讯，传回家乡。
　　　父老乡亲，悉数登场。
　　　锣鼓喧天，金匾挂上。
　　　喜报满墙，寒舍增光。
　　《人民功臣》，名扬太行。

救急

一九四八年十一月,中原、华东两大野战军与国民党军鏖战淮海,只杀得天昏地暗,难分难解。中原野战军四纵十一旅在陈赓司令员的指挥下参加淮海战役。

——《二野主力传奇》

总前委下命令:正面阻击黄维兵。
我们要诱敌深入,让它进来动不成。
指挥所里,
发报机滴滴声,
地图前面,
旅首长讲敌情。
团、营长们在请缨,领了任务各自分头去带兵。
决战在浍河两岸,周旋于斗智斗勇。

十一旅三十二团二营担任主攻,
一连二连相继冲锋,
结果伤亡惨重。
三连被挡在凹地里,无法前行,
其他连都想冲上去,与敌人拼出个输和赢。
虽然都压上去了,损失却很惨重,
大多数人壮烈牺牲。
 残酷的事实,让所有活着的感到锥心疼。

天气渐渐黑下来，各方人马都忙得不消停。
敌人在窃喜　军官在争功。
我军指挥部　及时下达了作战令：
"将伤亡的同志撤下来！
这个任务由一营来完成。"
营长原金锁马上作动员：
"'撤下来'比'冲上去'更重要，
因为它关乎无数战士的生命。
抢救及时　早一分钟
就可能多挽救几个人的生命。"
全营各连迅速落实行动，
一场抢救伤员的战斗打响了
"冲锋！冲锋！我们要分秒必争！"

将一个个轻伤员背在肩上，
把一个个重伤员抬上担架，
快速前行！
边走边安抚，
逐个细叮咛，激励伤员忍疼不出声。
烈士的尸体
无法就地掩埋，只能执行命令。
按首长指示
——只能用绑腿拴住他们的身躯匍匐前行，

"稳重！稳重！尊重先烈的英灵！"
此时，我们的战士们心中默祷着：
"过去的是你们对死的抗争，
你们为活着的人们之生存
献出了宝贵的生命。
上天看在眼里，大地可以作证。
你们流的鲜血　会染红这片土地，
你们留下的英灵　会化入树干而滋生。
但我们非常清楚
白热的纷争没有歇，残酷的战争没有停。
将革命进行到底
把新中国建成！"

祭诗

呜呼吾舅，遽然殒命。
寒门苦度，枷锁难挣。
扛活糊口，持枪当兵。
激战上党，陷阵冲锋。
挺进中原，克敌制胜。
打过长江，略地攻城。
追歼残敌，接纳投诚。
固防戍边，雷厉风行。
剿匪锄奸，信念坚定。

听党指挥，为民请命。

坚持真理，磊落光明。

清风正气，了此一生。

哀哉尚飨，以慰英灵。

赞曰

戎马倥偬战火连，疆场跃进硕勋添。

逐鹿中原传捷报，抢渡长江奏凯旋。

碧血感应天色美，丹心映照佛光圆。

金瓯万里留鹤影，锁钥千秋伴牛眠。

二〇一五年七月

秋夜思

新月弯弯

像一条小船

自从你从海面升空

就系于星汉

虽然你也想来去自由

但很难挣脱羁绊

清冷孤独

已成为常态

似乎一切都无法改变
新月啊　新月
自你离去
我们只能在梦中相会
或者秋夜里隔空见面
虽然你也想摆脱束缚
但没有本钱
我多么想去看你
但路途遥远　艰险
想归于想
却无法实现
冷静思考
其实　只能是一种意愿

新月弯弯
像一条小船
自从你走后
我天天思念
想着会不会有那么一天
你借助罡风
将缆绳磨断
获得自由
艰难地回到海面
新月啊　新月

你是一条扬帆起航的船
相见时会激发出压抑许久的眷恋
我懂得
尽管分离多年
相信你会用亲情
维系着这片灼热的土
因为它造就了你想回到的
那个宁静的港湾
思乡恋土　情感使然
我不怕浪在打湿双脚
也不惧大风摇晃桅杆
因为我也是一条远航的船
同样渴望驶回属于自己的港湾，
看着你凝神伫立
目视桅杆延伸过来的思念

新月如镰
挂在檐边
轮廓清晰
内景难辨
久盼的思念之人
还是不肯露面
此刻
诗人祝允明的《皓月》：

"玉田金界夜如年,
大地人间事几千。
万籁萧萧微不辨,
露繁霜重月盈天。"
萦绕耳畔
随着诗韵的变化
我也情不自禁地
跟着节奏一遍遍默念
心想既然有月盈之说
何不耐心等待
天文学家也提醒:
中秋夜是最好的赏月时间
到那时一定会
一切如愿

待月中秋金轮圆
家家分影照婵娟
道道清光凝有露
片片浩色爽无烟
乐见仙桂润下土
喜闻佳人落凡间
育草封滩天宇晏
欢声笑语自留田

二〇一七年八月五日

颂古桑

村口有棵百年老桑，
陪伴着几代人成长，
经历了风雨洗礼，
见证了历史沧桑。
在人们的心目中，
早已确立了神的形象。

啊，神桑
从我记事起，
你就守望在村口，
静候于路旁。
你那枝繁叶茂的树冠饮誉桑梓，
你那高大挺拔的躯体雄立太行。
你像守护神一样，
护佑着百姓的安康；
你如摇钱树一般
滋润着黎民之钱囊。
当人们走近你时，
总会抬头仰望，
向你行注目礼，
对你投射敬羡的目光。

啊，神桑
一百多年前，
你毫不犹豫地选择了穷乡僻壤，
义无反顾地安心栖居于
这块贫瘠的沙土地上。
一百年来，
你虽然只能吮吸微薄的养分，
却顽强地生长着，
挑战寒暑　搏击风浪，
换得体魄健康。
你用庞大的根系，
连结着漳河两岸，
恩惠于十里八乡；
你用硕大的绿伞，
荫庇着男女老幼，
见证着世态炎凉。

啊，神桑
你多么肃穆　多么端庄，
像久经世故的男人一样，
庄严得宛若泰山，
处世坦荡　从不轻狂。
你用粗壮的躯体顶天立地，
你用强劲的臂膀拥抱阳光；

你用生命的脉搏

指点迷津　送上吉祥。

你不愧为一方尊神

令无数人敬仰。

啊，神桑

你多么温柔　多么善良，

你用一片虔心把自己修炼成女人的心肠，

成为鞠躬尽瘁的榜样；

你用婆娑的枝头

　怀抱着一株又一株生命的子房；

你用母亲的情怀

哺育着一代又一代儿女的成长。

在你的孕育下，

凡有土的地方，

就会有你撒播之种子

滋生出棵棵新桑。

在你在呵护下，

那些不起眼的黄绿色小花

也能招蜂引蝶，

那些碧绿色的嫩叶

也会使蚕农产生强烈的采摘欲望。

啊，神桑

你的叶子是家蚕的最好食粮，
也是蚕农改善生活的迫切希望。
你的叶子　黄了又绿　绿了再黄，
蚕农采了一茬又一茬　摘了一筐又一筐，
赶忙送回家　抓紧选优良，
把鲜嫩的叶子剪成条
均匀地撒在蚕箔上。
看到蚕宝宝个个吃得香，
多么希望它们快成长。
喜迎丰收日　顿时添力量。
起早又搭晌　保证不断粮，
嫩叶及时供　蚕蜕皆顺畅。
老蚕化蛹蚕室忙，
吐丝结茧荣市场。

啊，神桑
你不负众望　乐于担当。
你的嫩叶满足了蚕农的需求，
你的甜椹也已送上了市场，
满足了倩女们尝鲜的欲望；
你的柔细枝条被用来绞绳捆柴，
你的根皮、霜叶连同蚕沙也都被送进了药房。
你虽然几近遍体鳞伤，
但你从来没有忘记陪伴爹娘，

是你为他们驱赶寂寞,
是你让他们绽露慈祥。
战时　你同儿童团一起
查路条　放哨站岗,
为反击敌人扫荡,
筑起了第一道屏障。
是你配合民兵
严密警戒　看守瞭望　准确传递信息,
保证妇孺免受遭殃。
是你发挥了中流砥柱的作用,
保证村部得以精心布防,
巧施妙计　迷惑敌人　使鬼子沮丧,
不得不灰溜溜地滚出村庄。

啊,神桑
你的不朽功绩永远不会忘,
你的献身精神一定会传扬!
请你相信
世人也会和你一样
热情　豪放,
用宽广的胸怀
把宇宙容纳包藏。

二〇一五年八月

春雪

三月楚国，春意盎然，全国财政系统中专校长岗位培训十八日开班。刚沐浴了春光，又遭遇了风寒，气温骤降二十度。阳春三月江城飘雪，实属罕见，赋小诗表情怀。

黎明醒来

透气开窗

惊讶地发现

外面世界

一片白茫茫

兴奋地跳起

赶忙告诉同窗

顾不上洗脸

也赶不及梳妆

急速下楼

直奔雪场

不去观赏

也不去眺望

捧一捧白雪

使劲地掷向远方

猛回头才发现

晨练者奋力战严寒

孩子们忙着打雪仗

上班的人们

疾步走在晶莹闪亮的便道上

　　　　一九九八年三月二十一日　武昌

笑对人生

漫步人生苦乐尝

感悟人生费思量

有人坚持"人生就应该创造辉煌"

有人却说"人生不过是梦一场"

他们认为　人生短暂何必牵肠

我说生死之自然规律不可抗

但也无须过分沉溺或感伤

人生是真切的　人生是实在的

生是为了更好地活着　活着就应讲质量

岁月飞逝　发雪鬓霜

身虽渐衰渐弱　心却愈跳愈强

因为我们命定的道路或目标

不是享乐　也不是悲怆

我们应该坚定地让冬日的严寒历练刚强

　　摒弃宿命论　接纳新思想

　　日日沐晨光　天天踏新浪

要知道

在我们的生活里

有那么一段时光

我们孕育着成功的希望

这时　青春的天真怀抱着理想

　　　夏季的茂盛映照着曙光

　　　秋天的硕果蕴蓄着能量

要知道

在我们的生活里

我们期待着早秋精神放光芒

这时　庄稼的翠绿袒露着果实的金黄

　　　田间的笑语激荡着稻花的清香

　　　内心的喜悦释放着丰收的热望

要知道

我们来到这个世上

不光是繁衍生息　传宗接代　四世同堂

还应不失时机

　　　　攀登科学的高峰

　　　　遨游知识的海洋

　　　　拥抱永不失约的阳光

要知道
我们来到这个世上
岂只是承上启下　光前裕后　五世其昌
还要抢抓机遇
　　　　仰望苍茫无际的蓝天
　　　　踏访祖国的秀丽山川
　　　　感戴生命之源的太阳

人类文明源远流长
不同的人对人生的看法不一样
有的人　悲观厌世　冷眼向洋
　　　　欲置身世外　不可言状
有的人　身在福中不知福　醉生梦死
　　　　穷奢极欲　痴迷于"人间天堂"
奉劝持偏激情绪的人们
　　　　改弦更张　去暑生凉
　　　　弃旧图新　低吟浅唱
　　　　踏上健康路　鄙弃偏执狂

人生的进行曲早已奏响
几十年的风雨历程耗去了我们无数的能量
但我们本身这部机器运转得还算正常
不要忧悒　也不必惆怅
因为今后的路还很远很长

"强基固本""保土守疆"
是我们必须遵循的规章
把属于自己的那块领地——
自己的身体
切实看护好　确保无异常
不随落叶翩翩舞
愿闪夕阳灿灿光

　　　　　　二〇一六年六月

观赏《回声》　感悟人生

二〇一八年八月十七日晚，在北京工人体育馆观看了三毛、齐豫、潘越云《回声》演唱会。三毛的旁白、齐豫、潘越云的演唱，把观众带入三个女人壮阔的一生。其意境之美、文字之美、音乐之美、视听之效、扣人心弦，令人赞叹，观感所及，无不牵情。

感谢歌者

舞台布置别致新颖，
有效地并强化着场效应。
歌者的演唱娓娓动听，
唱出了各自独特的音乐个性。

齐豫的唱腔宽阔高昂，
潘越云的细诉句句牵情。
堪称珠联璧合的演唱，
牵动着几万观众的神经。
所有在场的人无不赞叹并
享受着那动听的谐美之声。

感谢音乐

台湾乐坛人才济济，
编曲　作曲大名鼎鼎，
凝心聚力　各尽所能，
集思广益　共谱《回声》。
那似水柔情的文字，
和着音符的跳动，
音调有节奏共鸣，
烘托着感人肺腑的歌声。
演绎着主人公不平凡的心路历程，
诠释出三毛纯真质朴及勇敢有力的个性。

感谢文学

一九八五年
　一张名为《回声》的文学唱片在台湾诞生，

三十三年后的八月，
一场冠名《回声》的演唱会轰动了京城。
提起三毛，大多数中老年人并不陌生，
她，二十世纪七八十年代华人世界的女作家中赫赫有名；
她，以与众不同的人格气质、平易质朴的文风，
为几代读者编织了一个巨大的撒哈拉梦。
她的作品始终兴奋着一些追梦者的神经，
可以说，也牵系着一代读者的感情。
三毛多情的本性促成她漂泊动荡的一生。
正因为多情，总能看到常人看不到的风景；
正因为多情，总能感知不被常人在乎的情境；
正因为多情，总能收获不被常人理解和珍惜的感情。
三毛，是一位超凡脱俗的女性。
她完成的两件事是很多人的梦想：
一次说走就走的旅行，
一次奋不顾身的爱情。
她的生命中有痛，但痛而不悲；
她的生命中有光，虽亮而不明；
她的生命中有爱，是真却短且无结晶。
尽管如此，我还是认为：
她以文学的美，终其一生。
因此，要感谢三毛，

用心灵可以听见美如天籁的歌声，
用心灵可以品读如泣如诉的诗情。
感谢三毛，感悟人生。
越山过岭追人生，云飘雾散求真诚。
梦里花落知多少，大彻大悟思黎明。

二〇一八年八月

岁月浩歌

【太阳魂】

万岁,伟大的中国共产党

灿烂的红霞里,
升起了金色的太阳,
万里江山,
披上了节日的盛装,
举国欢腾四中全会的胜利召开,
万民歌唱伟大的中国共产党!
经过血与火洗礼的祖国,
山花烂漫,
无限风光。

看
人杰地灵,
稻谷飘香,
听
山呼海笑,
歌声高亢,
千万颗红心在跳动,
千万朵红花在开放。
看今朝
江山如此多娇。
怎能忘
六十八年的风和浪?

是伟大的中国共产党,
不愧为领导我国事业的核心力量。
是伟大领袖毛主席,
高瞻远瞩将革命道路开创。
井冈山的革命烈火,
把中国人民的心头照亮;
遵义城头的霞光,
给中国革命带来希望;
宝塔山下点雄兵,
率领千军万马打豺狼。
是毛主席　共产党,
领导中国人民翻身得解放。
天安门上的红旗,
中南海里的灯光,
多少革命人民在神往……
从南湖出发的航船,
闯过千个暗礁万个巨浪。
砸碎千年锁链,
巨人屹立东方。
惊天动地,
开国辉煌。
改造旧的基础,
革命建设蒸蒸日上。
全靠毛主席掌舵,

全靠毛泽东思想!

粉碎"四人帮"
迎来新曙光
拨乱反正,
改革开放,
经济腾飞,
民富国强,
社会主义中国,
已成为世界上不可忽视的力量。
春夏之交,
小丑跳梁,
他们妄图扭转
中华巨轮的前进航向。
党在惊涛骇浪里经受考验,
付出了历史担当;
人民在严峻斗争中认清形势,
进一步坚定了信仰。
毛泽东思想是共产党的灵魂,
是中华民族真正的脊梁,
所以
全国人民呼唤毛泽东思想势不可挡!
让我们高呼:
万岁　伟大的中国共产党!

万岁　战无不胜的毛泽东思想！

一九八九年十月

西柏坡抒怀

巍巍太行，

绿树如海，

无垠的海洋，

不歇不倦。

掩青山，

盖山崖，

天地仿佛都溶入绿色的青烟。

滹沱咆哮，

群山呐喊，

托起一个普通而伟大的村寨。

西柏坡——

第二个延安。

幽忧山村，

一片碧蓝；

长长的河流，

静静的湖水，

清清的山泉。

山村曾连着硝烟弥漫的疆场，

领袖们运筹帷幄决胜千里外。
领袖自有领袖的抱负,
领袖更有百姓的情怀。
照片印记着纯真和亲切,
文物诉说着伟大和怀念。
昨天　今天　明天
给你　给我　给他——
多少久久的遐思与回顾,
多少深深的启迪和爱戴。
……

首都的新松,
与楼房平肩,
没有山村的翠绿,
哪来城市的松柏参天。
当年的农村指挥所,
如今已是传统教育的前沿。
革命纪念地,
风光无限。
一道弯弯曲曲的围墙,
护着一簇太行山庄普通的民宅。
这里曾亮起彻夜不熄的灯光,
点燃了共和国之晨绚丽的霞霭。
这里曾绘制过新中国的宏伟蓝图,

宣示着共产党的执政理念。
西柏坡——
一座不朽的丰碑,
新中国从这里走来,
共和国铭记着你不朽的芳名,
史册上镌刻着你卓越的贡献,
你永远苍翠不老!
你永世光照人间!

一九九五年六月五日《邯郸日报》

归来吧,香港

一百多年前,
那条名叫香港的船,
被强盗掠走,
一直无法挣脱身上的绳缆。
在风雨中孤独地漂泊,
在回归中凝结着世纪的情感。
载着百年的沧桑,
诉说着对祖国的思念。
历史的车轮,
已驶到一九九七年,
世界瞩目

华夏期盼——
一个伟大的民族的盛典。
长城昂首
远眺回归的航班安全正点；
泰山振臂
喜迎回归的列车平稳到站；
长江扬波
鼓起回归的新帆；
彩旗招展
黄河助澜，
拥抱回归的亲人
举国同欢！

历史不会褪色，
记忆不会腐烂。
昨天不能忘记，
更要把握未来。

一八四〇年，
鸦片烽火燃，
欧洲"文明"的大盗匪，
疯狂蹂躏我河山。
霜刀般赤裸裸地屠杀，
百姓无辜遭祸端。

满清腐败国遭难,
东方明珠一朝陷。
百年沧桑,
铭刻着华夏的耻辱,
百年奋争,
记载着龙的传人的恨和怨。
一九八二年,
世纪伟人发召唤,
绘制祖国统一的蓝图,
实现香港回归的夙愿。
"一国两制",
创世界奇迹,
炎黄子孙,
齐把时代脚步迈。

祖国呀,
您久违的儿子就要回来,
乡音未改心未变,
共同的血脉,
把母子之心紧紧相连。

祖国啊,
您魂牵梦萦的游子就要回来。
隔山隔水年年望,

一声声，
亲切的呼唤；
一阵阵，
焦灼的等待。
香港啊，
你沿着回归的路，
走了一百年。
那时家贫，
无力为您撑直腰杆。
如今国强，
有能力为您护航领班，
归来吧，香港——
那条回归的航船，
乘风破浪，
急切地踏进祖国的门槛，
实现那久别母子的团聚，
了结那共和国母亲的心愿。
放心吧，香港
您脚下平坦的归途，
没有谁能改变！

一九九七年七一，
宝港将回祖国怀。
一缕春风在历史的天空飘荡，

一声呼唤把世界人民震撼。

米字旗匆匆滑落，

将抖搂掉殖民主义者，

一百五十年的尘埃。

五星红旗冉冉升起，

将高扬起中华民族，

独立　富强　自立的尊严，

结束了一个殖民统治的时代，

开创了一个中华民族的新纪元。

从此，

香港将更加繁荣进步，

华夏将更加辉煌灿烂。

注：

此文载于一九九七年五月二十五日《邯郸日报》，荣获全国报刊副刊《侨兴杯》征文比赛一等奖。

三月的歌手

走进三月

心潮荡漾

草在萌生

花在开放

隐藏的天际也开始弹唱

唱得眼睛落泪

唱得喉咙发痒

是谁用歌喉唱出生命的韵律

是谁用纤手开启三月的南窗

是布谷鸟吹响春天的唢呐

是雷锋精神带来了明媚的春光

雷锋

你还没有来

思念已经发光

因为想你

春天的柳絮

纷纷扬扬

因为盼你

蒲公英的梦

再也不在时光的背后隐藏

雨很甜

风很香

三月的歌手

带着春的问候

将爱洒遍祖国的四面八方

一九九八年三月二十五日　武昌

凌空复我旧山河

三月二十二日下午,培训班组织参观湖北船厂停泊的中山舰,感触颇多,拾小诗志念。

凌空复我旧山河

壮士梦中犹奋戈

国土沦丧

心中泣血

谁忍看豺狼横行

乡亲背井离乡

流离失所

江山失却

旧日颜色

玉可碎

志不可夺

男儿生来为报国

一声长啸

天地动容

烈士的美名是霞光里的花朵

试看

我血肉做成的新长城

耸立的是高山

蜿蜒的是大河

一首永载史册

气势磅礴的歌

                    一九九八年三月二日　武昌

坚定地走与工农兵结合的道路
——献给第一代军训大学生

曙光升

东方亮

七十年代的风雷耳边响

锦绣河山满目霞光

回首往事心潮激荡

一曲曲凯歌磅礴响云天

一代代英雄激起千重浪

是谁　聆听伟大导师的谆谆教导

手捧宝书

胸怀朝阳

走在与工农兵相结合的大道上

是谁　敬拜工农兵为师

指点江山

红心向党

在革命大熔炉中锻炼得似铁如钢

是谁　哺食工人阶级的乳浆
继续革命
乘风破浪
为时代的列车增添前进的力量

是谁　滋润着党的雨露
战天斗地
满身泥浆
晒黑了皮肤炼红了思想

是谁　沐浴着导师的阳光
胸怀祖国
放眼世界
洒尽热血为着全人类的解放

我们　第一代军训大学生
心潮澎湃
纵情歌唱
敬祝毛主席万寿无疆

我们　第一代军训大学生
北京　上海

南国　北疆
汇集在湖北沉湖军垦农场

我们　第一代军训大学生
党为我们引路
宝书给我们指航
让我们沐浴于毛泽东思想的雨露阳光

我们　第一代军训大学生
斗雪傲霜
搏击风浪
信心百倍地迎接新时期的曙光

我们　第一代军训大学生
面对帝修反的猖狂挑衅
怒火填膺
子弹上膛
"打不尽豺狼决不下战场！"

我们　第一代军训大学生
今日流血洒汗
明天驰骋疆场
誓死捍卫毛泽东思想

一年多锻炼成长
仿佛是骏马驰骋疆场
回忆往事泪盈眶
股股暖流涌心房
读毛著　灵魂深处摆战场
练本领　飒爽英姿五尺枪
挑稻草　风雨扑面湿军装
护堤坝　浑身上下沾泥浆
……
风流人物遍农场
英雄业绩满沉塘

老乡家中睡床板
想起延安窑洞油灯亮
毛主席为中国解放绘蓝图
子弟兵跋山涉水打胜仗
饭前齐喝忆苦汤
斑斑血泪点点伤
腊月卅无月光
北风刺骨透心凉
残灯暗淡屋里冷
破墙透风人冻僵
爹给地主当牛马
累得吐血卧病床

锅里没有一粒米
全家老少饿断肠
狗腿逼债枪在手
被迫流落逃他乡
红赤门前欲讨要
恶犬狂吠把人伤
天下乌鸦一般黑
走南闯北一个样
春雷滚滚震天响
东方升起红太阳
一唱雄鸡天下白
人民翻身得解放
多亏领袖毛主席
感谢救星共产党

敬仰毛主席画像
一双布鞋
一把雨伞
一身风霜
安源矿下播真理
井冈会师战旗扬
遵义城头拨航船
延安窑洞运筹忙
伟大的实践

光辉的榜样
革命精神鼓舞千百万知识分子
决心植根于工农的这片土地上

敬读毛主席宝书
一条真理
两把尺子
三个形象
毛泽东思想武装头脑
顶天立地的时代巨人我们当
两条泥腿插稻秧
两手老茧磨刀枪
镰刀飞舞扁担唱
挑水扫地帮老乡
革命传统我继承
军训战士个个挺身立沉塘

练兵场上
歌声嘹亮
"提高警惕　保卫祖国
加强战备　要准备打仗"
"打倒美帝　打倒新沙皇！"
喊声威震四方
铮亮的钢枪

政权之支柱

国防的力量

"我们要把仇恨装进枪膛里

要把警惕凝在准星旁

要把红心扣在扳机处，

要把勇敢用在拼杀上"

滚滚的汉江巨浪

锻炼了胆量

火热的阶级斗争

考验了立场

"一不怕苦，二不怕死"

激励着革命的知识分子誓将热血染五洋

记住吧　　永远不能忘

六九年八九月

倾盆大雨

直灌沉塘

长江横溢

汉水暴涨

楚国大地

顿时一片汪洋

稻田被水淹

滚滚巨浪破堤防

军训团里发号令

湖中立即变战场

"水稻是国家的战备粮

牺牲也要护堤防！"

哪顾个人安危

何惧惊涛骇浪

甩掉衣服跳下水

迅速排成了人墙

英雄奋臂击狂浪，

"为人民而死　就是死得其所"之声音

在楚天上空回响

颗颗红心战洪魔

滴滴血汗灌汉江

要记住　永远要记住

把毛主席的教导铭记在心上

提高警惕

紧握钢枪

只要敌人敢挑衅

我们用人民战争把它埋葬

高举战斗的旗

扛起英雄的枪

在解放军这所大学校里百炼成钢

捷报传连队

笑脸迎朝阳

战天斗地心向党
军训战士斗志昂
让我们
健步走在与工农兵相结合的长征路上
紧跟毛主席
永远不迷航

　　　　一九七〇年元旦写于沉湖农场

太行山上一棵松

——赞为民造福的公社书记高长春

别离家乡四十年，
年年都要回故园，
不放弃每一次还家的机会，
尽情地领略家乡的巨变。
登上山巅，鸟瞰田园，
极目远眺，别有洞天。

每每走近漳南渠畔，
一片片葱绿很快映入眼帘；
每每踏上田间阡陌，
一阵阵稻香马上扑鼻而来；
每每涉足其间，

一件件往事立刻把记忆点燃；
每每重温旧梦，
一个个热闹场面迅速在脑海中浮现。

四十年了，
这里的山，
黛了又绿，绿了又黛。
这里的人为什么
依旧把高长春深深地眷恋？

四十年了，
这里的水，
融了又冻，冻了又开。
这里的人为什么
依旧对高长春有那样真挚的情感？

四十年了，
这里的土，
干了又湿，湿了又干。
这里的人为什么
依旧对高长春久久地怀念？

每逢清明，
多少人来到他墓前，

打躬作揖、顶礼膜拜，
为他敬上一杯酒，
为他盛上一碗饭。
每逢过年，
这里的群众聚到渠边，
摆上各自带来的敬奉贡品，
为他烧上一炷香，
为他焚尽一沓钱。
这发自内心的虔诚，
难道仅仅是恭谦？
这出于自愿的举动，
莫非仅仅是思念？

要解开这个谜团，
要寻找这个答案，
就去问问我们的漳南渠吧。
每段堤坝，
都渗透着高书记的心血；
每块石板，
都诠释着高书记的誓言。
被誉称"小红旗渠"的"空中天河"，
流淌着高书记的汗水；
被赞为"铁姑娘战斗队"的"黄毛丫头"
践行着对高书记的诺言。

起于襄垣县、终于潞城市,
引自浊漳水、灌溉万亩田的幸福渠,
带着微笑,越岭穿山,
像一条彩绸,
为太行儿女牵来了美满。
始于宁静村、穿越红石山,
渡过空架槽、行进七十里的人工河,
驮着祝福,带着眷恋,
像一条玉带,
为老区人民引来了清泉。
如果你不懂石头的语言,
如果你不解"天河"的笑颜,
就去访问能见证历史的老农吧。
每位老农,
都会对你讲述有关高长春刻骨铭心的故事;
每户农家,
都会对你倾诉他们对高长春的思念。

高书记挨村转,
大会上做动员,
先忆苦后思甜,
激励大家转观念。
他说——
那一年是灾荒年,

饿殍遍野起狼烟，
天降丧乱，生灵涂炭。
如今翻身分了田，
日子逐渐好起来。
谁知老天爷不长眼，
总是不能遂心愿。
旱魃肆虐日炎炎，
拜神不灵泪涟涟。
手足无措，望洋兴叹，
靠天吃饭的日子何时完？
思虑长，见识短，
心难受，想呐喊。
谁能帮我解困难？

改变思想转观念，
不再彷徨敢挑战，
男女老少齐上阵，
兴修水利丰粮棉。
修水渠、引清泉、
平土地、灌苍原、
竖高杆、架长线、
拦河坝、搞发电，
一场坚持"自力更生"方针，
发扬"愚公移山"精神的人民战争打响了。

"为有牺牲多壮志　敢教日月换新天"
成了参战者的壮语豪言。
披荆斩棘、咬定青山
向前！　向前！
抡铁锤、攥钢钎、
掏炮眼、装药捻、
和灰泥、砌渠岸、
清渣石、行方便。
高书记，走在前，
干群合力造良田，
排兵布阵强支点，
战天斗地谱新篇。

一天晨练　我登上了漳南渠岸，
一位巡渠的老者，
与我热情地交谈。
我一提到高长春，
他马上翘起拇指把书记赞：
"啊，高长春，克己奉公的好党员。"
你是一面旗帜，高高地飘扬在县委大院的旗杆上。
是你引领着广大党团员
坚持冲锋在战天斗地的第一线，
　在你的身上迸发着"一不怕苦　二不怕死"的大无畏精神，

你的作为践行着"为共产主义而奋斗"的庄严誓言。

"啊，高长春，身先士卒的好干部。"
你是一棵青松，牢牢地植根于太行山巅。
是你率领千万群众，
稳固占领脱贫致富的制高点。
是你的血液融进了千万棵大树，
营造出庇护苍生的林带片片，
你的情操，已经化为千万缕春风，
炽热着坚定的信念。

"啊，高长春　鞠躬尽瘁的好公仆。"
你是一粒种子　深深地播撒在北国荒原。
你用全力拱破了沉睡的厚土，
吮吸着大地母亲的乳汁长大　立地顶天。
是你扮绿了广袤大地，装点着锦绣河山
你的创业史让我们懂得了"破天荒"的真谛，
你的顽强精神阐明了生命的历史渊源。

"啊，高长春，一个纯粹的共产党员。"
老百姓之所以这么呼你喊你，
是因为你是他们中的重要一员。
大家风雨同舟，一起踩踏、一起呐喊、

一起拉纤、一起固缆。

"啊，高长春，一个彻底的共产党员。"

老百姓之所以想你念你，

是因为大家已经结成了命运共同体，

你呕心沥血搞设计，千方百计筹款项，

你视民工为兄弟，全力排忧重解难，

你把他们摆在高高的地方作红瓦，

却把自己铺在地面上，做让人任意踩踏的地板砖。

"啊，高长春，一个彻底的共产党员。"

……

正因为你忘记了你自己，

人们才把你常思念。

谢谢你，高长春，

你是一棵青松，永远屹立在太行山巅，

你是一座丰碑，永远耸立在百姓心间。

二〇一四年七月一日

岁月浩歌

【耕耘图】

教师赞歌

——献给第五个教师节

最崇高的事业是教育,
是您勇敢地托起"四化"大业奠基工程。
最羡慕的职业是教师,
是您辛勤地耕耘报效祖国无限深情。
最神圣的情怀是母爱,
是您默默地指点人生坦途锦绣前程。
最崇高的品德是忠诚,
是您无私地奉献鞠躬尽瘁忍辱负重。

每当教师节来临,
便忆起人生坎坷的旅程。
是党给您指引航向,
是人民与您息息相通。
而志于学时,
您带着美丽神奇的憧憬,
孜孜不倦地
搏击在知识的海洋之中。
步于社会时
您迎接人生决择的考验,
义无反顾地
融汇在育苗的沃土之中。

而立不惑之年，
您领着追求真理的学生，
遨游在科学的迷宫之中。
知天命时
您和着祖国"四化"的音韵，
矢志不移地
驰骋在无垠的浩瀚之中。

每当教师节来临，
便激起无法克制的冲动。
是党给您今天的荣耀，
是人民表达对您的崇敬。
千言万语也说不尽您对党和人民的感谢，
披肝沥胆　患难与共。
把全部心血和智慧倾注给学生，
把慷慨无私的精神向党奉送！

一九八九年九月十日

"牛"之颂歌

——献给教育战线上的共产党员

让我们举起杯，
酹满浓浓的月色和乡情，

为默默耕耘的"牛",
洗却千里跋涉的困顿,
涤荡三伏苦夏的烦忧,
稀释天涯漂泊的离愁,
浇灌教育田园的金秋。
泼辣辣的性格,
水灵灵的明眸,
云淡淡的神彩,
风飘飘的衣袖,
浓重重的色调,
清亮亮的歌喉,
情切切的场景,
喜盈盈的节奏,
都为荧幕舞台上
有更多更美的春花
绽放在千家万户的窗口。

仿佛命中早已注定,
我们只问耕耘不问秋收,
既然已敲开教苑大门,
地老天荒却童心依旧。
太阳　月亮　星斗
日夜监视着拉车不止的"牛",
面对缪斯它们将会作证:

汗是怎样渗透，
泪是怎样涌流，
灯是怎样熬红，
夜是怎样消瘦。

举起这杯壮行的酒，
让再握一握你的手，
黎明时分匆匆惜别，
也许再也难以聚首。
同将此生赋予永恒的追求
忧心甘愿与苦结伴
与爱同仇。
迎着汹涌的潮头我们弄舟，
水击千里苦思苦恋
苦行苦斗。
假如　有一天阔别重逢，
也许　雪山已覆盖了我们的额顶
而鲜花　一定开满
开满神州摇曳的枝头。

踏着这颗旋转的星球，
岁月苍苍，
路途遥遥，
歌吟悠悠。

无愧脚下炽热的土地，
老梅吐春，
翠竹挺秀，
意气相投。
构筑艺术空灵的蜃楼，
新月如钩，
一灯如豆。
点燃灵感绚丽的火花，
魂已化蝶，
笔早生花，
心在恩谋。
当您寻觅
寻觅遥远的海岸，
理解——
是您的一叶风帆
夜泊的港口。
即便踏进
踏进茫茫的戈壁，
献身，就是大漠深处
丰收的绿洲。

追着春燕寒来暑往，
伴着雁阵南行北游，
走过一群吃草的牛，

走过一群挤奶的牛。
一路都有奋斗的足迹，
一生都有为理想而献身的感受，
草滩能赋予的仅仅还是清贫，
精神却因我们而会百倍富有。
走哇　不停地走，
任谁也无法挽留。
在天地之间开拓，
是牛生存的理由。
奋蹄刨出一泓清洌的心泉，
照出古往今来的美丑；
用圣洁纯净的汗水冲刷污垢，
愿历尽风雨的纯情甜蜜温柔。
让心灵因透明而流光溢彩，
为未来更光辉而天长地久。

一九九六年九月

园丁之歌

是岁月的霜雪，
还是粉笔的飞尘，
染白双鬓饱满天庭；
是时间的车轮，

还是风雪的刀痕，
镌刻辙印秣马厉兵。
　……

我已成为一名老兵，
看书离不开花镜；
猛然醒来，
才发现已经走完了大半人生。
站在您的眼前，
面对德高望重的师长，
我仿佛又回到了童年，
做着那甜蜜的儿时梦。

您还是那样慈祥，
说话总是那么谦称，
您习惯的开头语总是
"孩子们，世界是你们的。"
您虔诚的祝福词总是
"好好学习，去实现自己的美好人生！"
最圣洁的情怀是母爱，
您对学生的爱像母爱一样纯净；
最高尚的品德是忠诚，
您对教育事业的奉献受到党和人民的肯定。
每当我想起您的时候，

情不自禁地忆起您那坎坷的旅程。
每当我见到您的时候,
总是表现出意想不到的冷静。
紧握您那微微颤抖的双手,
由于激动
我语塞地无法表达对您的崇敬;
望着您闪烁的泪花,
因为窘迫
我无法倾诉对您的深情。
老师
您是学生敬重的师长,
您是人民爱戴的园丁,
祖国不会忘。
您对我们的教诲,学生会践行。

一九九五年九月

求知·广阔的天地

——贺邯郸市财经学校校刊《求知》,代发刊词

应校团委、学生会之约,值《求知》创刊之际,以小诗祝贺。愿《求知》播下智慧的种子,播下民族的追求,播下革命的理想、播下民族的信仰。

求知　求知

复苏的大地

像神州再次泛起春潮一样

校园里又出现了您的足迹

在山川中呼唤

在瀚海里寻觅

您曾载着烂漫的阳光

给人们留下雨珠串联般的记忆

求知　求知

欢乐的园地

似春燕再次回归那样

校园中又增添了您的笑吃

在花草中鸣唱

在林果间嬉戏

您将展开博大的胸怀

为师生带来蒙娜丽莎的春意

求知　求知

战斗的天地

恰如勇士再次爬起一样

校园内又显现出您的威力

在礼堂里角逐

在教室中理论

您必赋予笔墨的武器
为青年导向追求革命的真理

求知　求知
广阔的天地
如同雄鹰再次奋飞一样
校外也将显示出您的价值
在商业上运筹
在工业上荟萃
您将和着四化的音韵
为祖国育就德才兼备的新人

一九八九年六月十五日

负重远行　扬帆奋进
——贺《求知》创刊暨广播站复播一周年

求知　呐喊
呐喊　求知
在疾风中启程
在烈日里奋蹄
您哺足比乳浆更甜的营养
练就一套追风赶月的绝技
您博采比百花更艳的菲芳

在艺苑中显得更加丰满壮丽

求知
如孔雀般美丽
用翎翅挑开严严盖着的雪被
从地平线上
崛起崭新的立意
给春天以生机
把花种播撒在育人的寸寸沃地
给青春以纯净
无华生命显现出美丽的胴体

呐喊
似百灵般可爱
用歌喉传播着充满活力的讯息
在浮云之上
升华神异的威力
给学校以稳定
将电波响彻只只雏鹰的心里
给师生以鼓舞
水晶般的心灵激荡着时代的启迪

求知　呐喊
呐喊　求知

您仿佛尽染世界绚丽的彩霞
为校园增添了几分妖娆妩媚
您宛若迎风招展的胜利红旗
让爱党爱教育的人爱得痴迷
愿您从容地驰骋在这片苏醒的大地
负重远行　永不停蹄
愿您锻造出"蒙其忧任其劳"的耐力
坚韧不拔　扬帆奋进

　　　　　　一九九〇年五月二十五日

卧薪尝胆　奋勇前进
——为《求知》创刊三周年而作

求知
似雏鹰在疾风中启程
像骏马于烈日里奋蹄
孜孜以求
千里寻觅
从地平线上
崛起崭新的立意
给春天以生机
将粒粒种子撒播在育人的这块沃地

给青春以纯净

使无华生命显得更强劲

三载求知

月月揭秘

攫取知识

寻求真理

在安定团结宗旨下造就财经人才

在精神文明建设中升华神奇威力

欲求昔日风采

方知来日重任

卧薪尝胆

继续施展您追风赶月的绝技

愿你尽染世界的绚丽的红花

使校园更加妖娆妩媚

盼您永远驰骋在这片苏醒的大地

让颗颗爱心爱得更加痴迷

一九九二年六月十日

让青春闪光 ①
——十八岁寄语

十八岁不再迷茫，

成熟是自豪的力量。

告别了朝阳般灿烂的年龄，
迎来了诗情画意般的理想。
今天面对国旗宣誓，
明日将成为国家栋梁。
立志做"四有"公民，
遵纪守法爱国爱党。
崇尚科学求真知，
完善人格体魄壮。
学好知识献社会，
练就本领福四方，
青春闪光，
人生辉煌，
中华振兴
国家富强。

注：
①此诗是应校团委请求，为成人宣誓仪式而作。

一九九五年四月

飞吧　希望！
——寄语青年学生

青年学生
早晨八九点钟的太阳，

希望寄托在你们身上。
盼你们茁壮成长，
为你们放声歌唱：
歌唱早晨，
歌唱希望，
歌唱那些属于未来的事物，
歌唱那跨世纪的新生力量。

虽然
我的歌喉　沙哑无光，
我的歌声　也不响亮。
但我还是
鼓起勇气，
尽情歌唱。
激励青年人向上，
也抚平成年人的忧伤。
愿我的歌声，
能飞到每个青年人之心上；
愿我的歌声，
能响彻你涉足的每个地方。

生活多么芬芳，
道路多么宽广。
凡有青年的地方，

生活就充满快乐和希望。
要想生活芬芳，
首先要确立理想。
懂得生存的意义，
把握好人生的方向。
要想生活芬芳，
还必须懂得——
"知识就是力量！"
刻苦钻研业务
精练技术
积蓄力量。
要想生活芬芳，
还必须体格健壮，
全面发展，
天天向上。
一代热血青年
祖国未来的栋梁。
愿你们插上理想之翅膀
驰骋在四化建设的疆场上。
飞吧，
早晨；
飞吧，
希望。

一九九五年四月二十日

校园放歌
——祝邯郸市财经学校建校四十周年

一

白杨高耸入云
松柏展翅奋飞
冬青注目敬礼
月季点头迎宾
歌声和着晨曦
沐浴无尽温馨
恭贺沧桑四十
笑纳满园芳芬

二

祖国四九入春
财校六五起飞
建设亟待人才
教育尽显神威
强国富民固基
尊师重教为本
造就理财好手
财校当之无愧

三

幼苗茁壮赖肥
人才成长靠培
师长谆谆教诲
学子天天攻垒
澎湃共同依恋
巾帼何让须眉
旋起燕赵风雷
捧回胜利金杯

四

"九五"蓝图宏伟
奋斗方可到位
瞄准世纪目标
文明严谨勤奋
培育时代栋梁
哪管东西南北
紧系改革大潮
再造明日光辉

一九九六年九月

教改礼赞

——贺《教改简讯》创刊

你好像一株不合时宜的小草,
秋日里
　　悄然地钻出地面。
　　你宛如一枝含苞待放的小花,
红叶时
　　默默地挤进文苑。
　　你仿佛一颗没有星等的小星,
晨曦中
　　羞答答露出云端。
霎时间
　　哗啦啦地流入心田
　　你是师生心血筑起的丰碑,
　　你是教工双手托起的金盏。
有了你
　　就有了教改的飞速发展,
　　你是园丁辛勤笔耕的见证,
　　你是幼苗茁壮成长的摇篮。
有了你
　　就看到了振兴教育的希望,
　　你将吼出渗透追求的渴望,
　　你将唱出拥抱未来的礼赞。

愿众手开挖的这片沃土,
百花四季盛开;
盼师生架起的这座彩桥,
永远斑斓璀璨!

一九九六年十月

青春永驻　岁月留痕
——北宋中学师生聚会献词

四十五年前
我们握别太行
四十五年后
我们聚首上党
"悲欢离合卌年事
升降隆替一梦中"
沉甸甸的一句话
勾起我无尽想象

曾记得
上世纪六十年代
"文化大革命"将旧世界涤荡
用毛泽东思想武装起来的一代年轻人
在捍卫毛主席革命路线的斗争中
经受考验　站稳立场

在"斗私批修"触及灵魂的热潮中
接受洗礼　健康成长
我作为一名涉世未深的年轻干部
同许多人一样
被裹挟得不能自已
既兴奋又紧张
我有一个"根红苗正""品学兼优""德才兼备"的背景
在大是大非面前一定会
听毛主席的话
紧跟党中央

那时候
"造反派"把斗争矛头指向党委
"阴谋家"点的火越烧越旺
我这个党委主要成员、"铁杆保皇派"
便成了他们的重点攻击对象
一时　"打倒走资派"口号震天响
"抢班夺权"正在酝酿
虎视眈眈　露出了凶光
将多年蓄积的嫉妒　仇恨
迅速发酵　有效释放
大浪淘沙　势不可挡
于是　我被冲击　放逐
来到北宋这既古老又年轻

虽偏僻却温馨的地方
从此　我们便成了一家人
共同生活　一道成长
但是　我心里非常清楚
此时　我只不过是一块被巨浪冲到岸上的顽石
刚落地未扎根
随时都有可能被飓风卷走
被玩家拣拾
最后被狂人雕刻成他们喜欢的形象
在等待被蹂躏的这段时间
我一直在默默祈祷：让上帝保佑
帮我抵御即将到来的"扫荡"
我时刻提防　时常在想
千万别因为我的"特殊身份"
而引发"城门失火　殃及池鱼"
将一个好端端的学校
顿时变成了"战场"
我也特别警惕　谨慎领航
别因为我的"重要岗位"、我的疏失
使无辜的学子身心受到创伤
为此，我"约法三章"
　　第一　加强政治学习　端正服务态度　注意风云变幻　确保不偏离方向
　　第二　深入群众　广交朋友　团结一切可以团

结的力量

　　第三　谦虚谨慎　戒骄戒躁　多办事少张扬
　　暗下决心坚定着
　　"失之东隅　收之桑榆"的信念
　　为百姓争气　给党争光

　　四十五年
　　地域交易　持已端芳
　　岁月迁流　山高水长

　　四十五年
　　驰骋平原　牵系山乡
　　惦念故地的变化
　　顾恋学子的成长

　　北宋　上党郡的一隅之地
　　但它却是我魂牵梦萦的地方
　　那里有与我并肩战斗的战友
　　有跟我志同道合的莘莘学子
　　我们一起乘船
　　在风浪里艰难启航
　　于洪流中劈波斩浪
　　……
　　那时　办学的条件很差

但我们排除困难　齐心向上
坚持正常上课
活跃第二课堂
新闻定点播放
壁报按时上墙
贯彻"吐故纳新"精神
吸纳先进分子入党
让他们"在游泳中学会游泳"
使他们在斗争中懂得坚强

那时　能歌者甚少
但不乏好学人歌声嘹亮
为政治文明的到来欢呼
为先进组织的壮大歌唱
我虽然算不上一个称职的"中流砥柱"
但我在竭尽全力不让船偏航
每当看到那张张稚嫩的笑脸
活跃在政治舞台上
我总是激动得不能自持而高歌引吭
我歌唱早晨
因为她象征着早晨八九点钟的太阳　蒸蒸日上
我歌唱希望
因为她代表着崭露头角的新生力量

"岁月不居　时节如流
八十之年　忽焉已至"
我并不叹息自己老迈
而是挺起胸膛　坚持歌唱
我愿意让我的歌高飞
飞到那难忘的岁月里
桃花盛开的地方
飞进那选择征帆义无反顾
坚持远航的勇士们之心坎上

曾记得
一九七二年六月初
缘于我的工作调动
送行的人
唱响了一曲生离死别之骊歌
演绎了一场惊世骇俗的悲壮
感天动地　韵味悠长

殊不知
在送行队伍里
不乏有心人玄机暗藏
有人提前备好了马车
带足了路上的干粮
有人为保障老师到新地方能正常生活

预先做好了大案板

提前定制了新木箱

……

轻车简从　体面离岗

举手长劳劳　二情同依依

阵阵悲声动天地

滚滚热泪融太行

从分别那天起

我们便天各一方

起初信件还能正常来往

不知何时突然中断

我一时陷入迷茫

后来才获知

我离校不久

一场"肃毒"斗争悄悄打响

并迅速掀起滔滔激浪

它强迫无辜者

接受"洗礼"改变立场

那一段时间

只有在长治北火车站那张留念照

陪在我的身旁

时不时拿出来仔细端祥

几乎每一次翻看

都会勾起许多往事

一件件　一桩桩
其中那些刻骨铭心的终生难忘

殊不知
那一面面各班送来的玻璃镜框
端端正正地挂在我家的墙上
镜面上"农业学大寨""工业学大庆""战无不胜的毛泽东思想永放光芒"
映得寒舍生光
照得心里亮堂堂

那一本本多方送上的精装笔记本
令我爱不释手　心潮激荡
"情义如山　恩深似海"之留言
句句传情　字字铿锵
……

卅年追想　纸短情长
增进友谊　抚平感伤
圆缺阴晴归天象
悲欢离合属正常
莫叹时光流逝
尽享山色湖光
昔日在岗　气宇轩昂

今朝还乡　敬梓怀桑

要懂得

退休规定是国家之政策所在

享受应有待遇是讲条件——捣虚批亢

最终要保证健康

歇肩养神　处顺安常

少谈年事　多思梦想

珍惜生命　俾寿而臧

英国前首相撒切尔夫人曾经讲过

"生命始于六十五岁！真正的人生是从六十五岁开始"

你们正处于这一阶段

也就是说，

真正的人生才刚刚开始

以后的路子还很长　很长

再说　你们中的大多数人

无须为找工作苦恼

也不再因谋生奔忙

儿女早已立业

孙辈正在成长

幸福在招手

享受它的唯一条件是自己必须健康

要知道

无论城市乡村都是我们这些"自由人"

任意驰骋的地方

微信平台为入群者提供了交流之便当

同学的声声问候感人肺腑

朋友的句句祝福牵手高尚

在我们欢聚的时候

应该为那些在筹建微信群　筹备师生聚会而付出辛劳

　提供资助的同学道一声谢谢

相聚时间虽短　友谊却很悠长

让我们大家同道共勉

"砥德砺才　增荣益誉

驾福乘喜　长乐永康"

[注释] 砥、砺：砂石，细者为砥，粗者为砺，引申为磨炼、磨砺。

[语译] "砥德砺才　增荣益誉　驾福乘喜　长乐永康"引自乾隆进士阮元句。其意为："磨砺德行，历练才华，增添荣光，加益美誉，驾驭幸福，追随喜庆，长久欢乐，永远康宁。"

二〇一八年二月五日

老同学　我想对您说

——山西大学物理系五九级毕业五十周年聚会献词

亲爱的老同学，好久不见，甚念！
五十年恍如隔世，期待您早日归来！
今天，我们团聚相会，握手言欢，
心中的牵挂顿时释怀。
光阴荏苒，转瞬已经五十年。
昨日人相去，今天心相连。
无时无刻不在想学友，
一弦一柱都在思华年。

五十年前的今天，
我们从南北东西走来，
怀抱理想，憧憬明天，
建构蓝图，描红起点。
像服了兴奋剂一样，
醉入了科学家的摇篮。
那时，我们都很年轻，
坚定理想，确立信念，
满脸稚气规划着未来，
一门心思期待着登巅。
难熬的岁月漫长的路，

举步维艰，度日如年。
不可否认，
经历了半个世纪的风雨洗礼，
我们逐渐走向成熟，也趋向朽迈。
不要说我们已经老去，
其实我们童心犹在。
请相信，我们体内尚存的能量，
足以点燃晚霞照亮明天！

五十年后的今天，
我们又从四面八方聚来。
天地结缘　日月推迁，
胜友共餐　别语缠绵。
我们像解甲归田的儒将，
官散心闲　安贫乐潜，
悠然南山　桃李芳园。
耄耋之年的你我，
正在经历一场考验。
虽是岁暮天寒
甚至赴难登险，
但都应视同等闲。
我们一定要费心将息贵体，
着力掌控好这一拐点。

告别昨天，走到现在，
我们的面前只有一条路可选，
那就是勇往直前！
同学们，不要羞涩、不必腼腆，
勇敢地推襟送抱，
尽情地倾心吐胆。
因为我们都是时间的主人，
又都是自己命运的主宰。
因此要稳稳当当走好每一步，
高高兴兴过好每一天。
用坚强的毅力，
换得鹤发童颜。
以矍铄的精神，
欢度幸福晚年！

今天，是我们同学欢聚的一天，
见面问好，围坐聊天；
翁媪共鸣，诗画齐献。
五年朝乾夕惕，
半世梦萦魂牵。
毕业五十年，天天期待、夜夜思念，
百感交集、万端感慨。
记忆中的那些往事历历在目，
脑海里的那些情景常常浮现。

霎时间，
一道道探赜索隐的课题萦绕脑际；
一张张和蔼可亲的笑脸映入眼帘；
一段段艰苦岁月的回忆激活重现；
一件件感人肺腑的往事拨动心弦。
……

今天，我们一起共话未来，
坦荡胸怀，畅所欲言，
埋藏在心底里的话不吐不快。
多少次聚会，多少回见面，
最想说的一句话就是"感谢朋友，感谢今天！"
之所以有今天的欢聚场面，
不能不提及那些热心人的奉献。
我愿借这个难得的机会
诚挚地对他们道一声"谢谢！"
恭敬地送上"衷心的祝愿！"
感谢活动的发起人、组织者所付出的辛劳，
感谢好客的地主为活动提供的条件，
若不是他们精心组织、热情接待，
就不会有我们欢快相聚的今天。

五十年前的今天
我们曾经联合出演过"鸟出窝"堂戏，

毅然飞出热窠，翱翔蓝天。
为激扬杏坛，
耕云播雨，润泽心田。
让花团锦簇，
呕心沥血，增光添彩。
下自成蹊，桃李无言。
五十年后的今天，
我们正在同台演绎着"凤还巢"续篇。
决然重游故地，感悟巨变。
参拜学长，畅谈体验。
睹物思人，赋诗抒怀。
通人达才，连樯结缆。
曾经的目标，
指引我们同走一条路；
蓄积的友情，
联结我们共托一片天。
修得安心养和福，
尽享含饴弄孙甜。
同学们，让我们共同珍惜友谊，
深省昨天、热拥今天、喜迎明天！

二〇一四年五月二十一日

朋友，请留住那美好时光

——致山西大学物理系五九级（五年制）同学

朋友，五十二年前
我们共同度过了难忘的大学时光
曾记得　我们一道攀越书山
艰难地寻觅着珍贵的宝藏
曾记得　我们一同遨游知识海洋
拼命地摄取那丰富的营养
自诩为一代娇子的我们
终日驰骋在"向科学进军"的路上
五年之后
我们依依惜别
离开了恋窝　辞行了师长
站在了神圣的讲台上
立业安家　情洒兴邦
吐丝结茧　编织着美好梦想
不久
"史无前例"的革命号角吹响
"反帝防修"的洪流不可阻挡
你我谁都无法置之度外
"触及灵魂"难免会受到灼伤
风雨过后　气清天朗
彩虹躬身　感念太阳

光阴荏苒　转瞬又是四十载时光
我们有幸再次聚会
多谢挚友、学长的相帮
是他（她）们将失联的朋友找寻
把断线的风筝接上
是他（她）们创造条件　提供交流平台
让我们这些老茎生花得以绽放
在他（她）们的精心安排下
使每一次相聚都是
兴高采烈赴会　怡然自得离场
不少有心人还将毕业照带到会上
相互传阅　共同欣赏
是这些老照片把我的记忆
一下子带回到五十年前物理大楼前的广场
合影照中的你我　个个挺立　人人端庄
似乎我们正站在一条新的起跑线上
欣赏时　情与情交融
攀谈中　心与心碰撞
置身于这样的场景不由得勾起了我
强烈的回忆欲望

朋友，请你仔细想一想
我们每个同学的脑海中

是不是都有一张自刻的记忆光盘
也可以说是一本电子书在心里珍藏
这本生命之书　至高无上
它不能随意翻阅
也不可轻易合上
精彩的段落可以仔细品读
患难之页一翻即过不必念念不忘

朋友，当你重温峥嵘岁月的那段时光
脸上不免会泛起红晕
这不仅是因为我们踏入了最高学府
更主要的是我们胜利地完成了
跨越自然科学高峰的一次较量
既已醍醐灌顶
何惧雷电穿膛

啊，朋友，多少美好时光
令我心怡神旷
但只要一只鸟飞过
就会使我忧伤
因为我也是一只鸟——
一只离群的笨鸟
无数次地翻越山梁
无数次地回眸眺望

因为我的家就在晋阳
我也是一只受伤的鸟
曾在蓝天上翱翔
是风雷摧折了我的翅膀
我只能像丑小鸭那样
瘸行在并不平坦的路上
我叹羡那在空中飞过的小鸟
是因为它们可以轻盈、稳健、自由地飞翔
不管气候多么异常
也不管世风如何消长
从不气馁　也不迷航
为什么生活就不能给予我
像小鸟那样的翅膀
尽管我灵魂是多么渴望
我在想，是不是我萌生了恐惧的洪浪
淹没了我
也淹没了我久存的梦想

我渴望
一千次地渴望
那渴望不是做沙鸥的美梦
而是在生命中自由飞翔

啊，朋友，多少美好时光

令我心潮激荡
但只要一棵老树从身旁掠过
就会让我惆怅
因为我也是一棵树——
一棵在太行山区长大的树
不知何时　也不知是什么样的风
将我吹到平原尽头
临近深谷的悬崖上
孤单地立在那里
只身抵御寒流　经受风浪
那瘦弱的身姿
留下了风的形状
受惊的魂灵
依然高烧发烫
尽管这样
我还是执著地偏爱阳光
令我欣慰的是
耳旁时而会传来远处林鸟的喧哗
和深谷中小溪的歌唱
是森林净化了我的心灵
是小溪教会我歌唱
从此　我不再孤独
因为我有了自己的友邦

经年累月　　览尽凄凉
斗转星移　　喜沐春光
我渐渐地适应着环境
慢慢地变得沧桑
生命的脉搏
规律　　安详
经过风雨的洗礼
越发显得挺拔　　刚强
受伤的肌体在迅速痊愈
新生的枝叶也加快成长
搭架着树冠　　营造着篷帐
为牧童庇荫　　让樵夫歇凉
与时迁徙　　与世偃仰

我歌唱
一万遍地歌唱
那歌唱不是做百灵的梦想
而是让生活充满阳光

啊，朋友，请留住那美好时光
今日再相会　　欢聚在一堂
请贴近朋友的心
敞开心扉　　倾吐衷肠
接通微信　　架起桥梁

享受那不吐不快的欢畅

请牵紧朋友的手

迈开贵腿　跳起《交际舞》

张开尊口　唱起《读书郎》

让我们一起全力激活那尚未释放的能量

齐赞桃李风前的妩媚

共赏侠士雨后之倜傥

朋友，请留住那美好时光

二〇一六年五月十日

岁月浩歌

【辑外音】

诗如其人　肃然起敬

——读郎老师诗集有感

前几年，拜读了郎联正老师的诗集《岁月风铃》。最近，又荣幸地收到了老师的诗集《岁月浩歌》付印稿，说是让提提意见。我不懂诗，不敢说三道四。可读后的感想，却不吐不快。

我和郎老师相识于1964年的山西省长治县韩店中学（现长治县第一中学）。当时，他接任我们初中二年级的班主任兼物理老师。到1966年应该初中毕业，恰巧"文化革命"（以下简称"文革"）开始，学校乱了，一直到1968年草率地领了个毕业证。1969年我参军入伍，从此很少联系和见面。因此，和郎老师的相处，满打满算也就总共四年。但是，因为我是他参加工作的第一批学生，还是班里的学习委员，平时接触比较多。他又是我的最后一位老师（文革后我再也没有机会上学），彼此之间印象很深，师生情谊无可替代，一直保留至今。

读着他的诗集，闪现出五十多年前的一些镜头。这是刻在脑海里的，终生难忘。

他多次召开学生座谈会，听取对老师尤其对他自己讲课方面的不足和改进意见。

他一个一个找同学谈心，努力调动每个人的积极性，意在形成师生共同奋进的局面。

他和学生同吃同住一个冬天。晚上挤在学生宿舍的通铺上，身边是一个谁也不愿意挨着的尿床孩子。学校吃饭方式改革，一个组一个盛饭的桶，打回班里分着吃。每次他都是组里最后一个，剩下半碗是半碗。

老师们评价：这个班的班风变了。

第二年，他当选为学校党总支组织委员，令所有师生刮目相看。

文革开始了，作为当权派之一，他"理所当然"地"脖挂金牌屁股撅，头顶高帽转千街"。

上面号召"复课闹革命"，学校的武斗并没有停止。他明知自己是武斗对象，却第一个回来复课。于是，"腹背染遍斑斑血，颈项勒出条条穴"。

……往事不堪回首。

还是说说读后的感想。

两本诗集，四年相处的影子忽隐忽现。

这是放大了的四年。

诗是心灵的映照。诗如其人，令人肃然起敬。

我更深刻地认识了四年中根本不可能看透的郎老师的人生。

老师是一位富有爱心的人。

他爱学生，以"潜心伏案师表善，俯首耕耘弟子贤"的严谨态度，追求"传道解惑德为本，修身养性智当先"的育人理念。他爱亲人，老人面前是个大孝子,"冬温夏清奉长辈,昏定晨省侍高堂"。父母去世,常因"上路无闻吩路语,归门不见倚门人"悲泪;夫妻相依,尤重"并肩五秩星拱月,携手百年凤伴鸾"福缘。他爱家乡,既因"块块大田少收成,圈圈席囤无存粮"忧虑;也为"六畜兴旺福百姓,五谷丰登强国家"欣慰。他爱事业,"立誓笃爱桃李园,红烛化作人梯篇",终身从教,无怨无悔。他爱自己,"风前不作花枝媚",堂堂正正;"往来洁身莫染尘",清清廉廉。他爱祖国,足迹所到之处,无不为一幅幅"苍山画里卧,清泉石上流","鸟喧碧树蘑撑伞,蝶舞绿丛花展容"的美景引吭高歌。他爱党爱领袖,"万岁,伟大的中国共产党""恸哭毛主席""悼念周总理"等怀念老一辈革命家的诗词,首首都是一位共产党员发自肺腑的情感流露。

老师是一位为信念努力奋斗的人。

他深知"有刺有花皆是路,无风无雨难成秋"的道理。童年时代,面临"节衣缩食过日子,吃糠咽菜度灾荒"的艰难,一心求学,大学入党,是同学中出类拔萃的佼佼者。尽管遭受"昼锁牢门思罪过,夜赴刑房受谴诘"的文革磨难,却经过这次"脱胎换骨暴洗礼",换来了"劫后余生争朝夕"的拼搏精神,不气馁,不停步,以"根根傲骨支广厦,腔腔热血沃中华"的豪迈气概,专心致志于教育事业。从普通教师到学校领导，几易其位，几易其校，工作越做越好。

老师是一位豁达的人。

他胸襟开阔，为人正派。不搞邪门歪道，遇事想得开。文革中受到那么严重的冲击，仍能以"曾几何时同甘苦，怎可一夜结深仇"的心态，平常视之。以后和睦处人，团结工作，便成了顺理成章的事情。退休离开工作岗位，不恋权，不消沉，自我定位，老有所为，"伏枥犹然腾万里，暮年更加颂三春"。面对"深居简出远客稀"的现状，一方面享"孙女俏皮眼睁圆"，"娇孙绕膝自依依"的天伦之乐；一方面在"春催榴火一杯酒，夏坐庭院半碗茶"中养性怡情；更多的则是迈开双脚，走大江南北，游壮丽河山，览万紫千红，抒百丈豪情。当然，国内外大事必在他的关注之中。"九三胜利大阅兵""长征五号首飞成功""北京奥运会""堰塞湖抢险"等大事件，他都有感而发。由"习马会"引出的"相忍为国锲不舍，齐声高唱一统歌"的佳句，既反映出他忧国忧民的情结，更可以看出他晚年的心态，晚年的充实，晚年的追求，晚年的欢乐。

老师是一位好学上进、精益求精的人。

出乎我的意料，他不但是一位受人尊敬的教育家，还是一位出版两本诗集的耄寿诗人作家。读着他的诗集，一股浓浓的生活气息、乡土气息、现代气息扑面而来。风格独特，语言清新；虚实结合，情景交融；构思精巧，节韵严谨；立意深远，哲理鲜明；小中见大，举轻若重。细微处，娓娓道来，如数家珍；激昂处，气势磅礴，浩气凌云。赞颂，情真意切，言由心生；鞭挞，嫉恶如仇，入木三分。一个物理系毕业的学子，能在诗歌方面取得如此成就，抛开上学时的文学功底和自身天赋不说，靠的是他几十年来学无止境的治学精神。为了写好诗，他对国内外古今名家的诗词做过深入的研究；思想解放，勇于探索，不受条条框框束缚，格律诗、自由诗，没有不敢涉猎的；他善于观察生活，提炼生活，山水花草、礼仪应酬，看似微不足道的小事，都可以凝聚出意境的精华；他思维不停、笔耕不辍，触景生情，有情必抒，一句句，一首首，呕心沥血，日积月累，终有今日之成果；他对写诗的孜孜追求，到了废寝忘食、不耻下问的地步。只要情况允许，不分时间，不分场合，绝不放过和诗人切磋，和朋友探讨的机会。甚至对自己的学生，也要征求对诗的意见。

　　这就是我的老师！

万满喜

二〇一八年十月

孜孜以求　终身厮守
——读郎老师《岁月浩歌》诗集有感

郎老师是我中学时代的老师。我从13岁升入初中起，到17岁高二毕业的半年前，一直是在郎老师的关注、关心、关怀、关爱下度过的。郎老师是我在校园学习中最喜欢、最敬重、最崇拜的老师。因为我们那个时代也追星，也有偶像，郎老师就是我在青少年时期的偶像。他在师生中有崇高的威望，不仅是我，所有学生们都很爱戴他，崇拜他。他严谨的工作作风、精湛的教学业务；丰富的知识、广博的学识、深远的见识；多艺的才华、流利的口才，通俗生动的演讲、幽默风趣的谈吐；关爱每一位学生，能与学生打成一片，恨不能将所有知识都奉献给学生的师德；与人为善，随和的性格；坚持原则，爱憎分明的立场；永远充满着对事业的追求和乐观主义的精神；永远充满着对生活的热爱和生命的激情的人生态度；以及他在教学、学校管理所展现出来的非凡的领导力、凝聚力、组织力、号召力影响了我的一生，他的教育以及他的人格魅力，对我后来世界观、人生观、价值观的形成，人格的完善起到了奠基和引导作用。

从郎老师的身上，我学会了很多。我喜欢音乐，我识简谱的乐理知识就是郎老师在业余时间教会的；我很多良好的生活习惯和工作习惯，也是受老师的影响，比如，一生不抽烟，早晚刷牙（我们农村小孩子没有刷牙的习惯，升入初中后，郎老师讲了口腔卫生，我才在老师指导下开始刷牙）。朗读朗诵，节目主持（我刚入学，郎老师就办起了校广播站，我有幸被郎老师选拔为学校第一任播音员）。讲课不带讲稿（参加工作后，我担任过职校教师，讲过文化课、党课等）。喜欢文学创作等，受益终生。

郎老师爱才，善于发现和培养学生干部，也乐于助人。在学校，对有才华有能力的学生，重点培养，加强锻炼，成为学生干部。对困难学生和差生，政治上关心，学习上鼓励，生活上照顾，帮助他们进步。对军烈属遗孤，学校毕业后，尽力联系政府为他们安排工作。是学生最贴心的老师和学校领导。我能顺利升入高中，也是郎老师过问关心的结果。毕业以后，我和郎老师常有书信联系，他仍然和在校时对我关心一样，在信中指导我的工作、学习、生活，我有什么想法，遇到什么困难，有什么进步，苦恼，也常告诉老师，总会得到他的祝福，鼓励，安慰。我参加工作，恋爱、结婚都曾经征询过老师的意见。可以说，郎老师是我一生的良师益友。

早在十年前，就收到郎老师现代诗歌的手稿，让我给他打印整理，并且谈了自己的想法，想出一本诗集，还想让我给他作序。这个时候我才知道老师也喜欢诗歌，以前在学校只知道他是理科高材生，给我们讲物理课讲得非常好。虽然也给我们讲过政治课，在学校做过党团工作，但写诗还是第一次知道，并首次看到他的诗作。这个时候，才对老师的多才多艺有了更深刻全面的认识。因我当时工作较忙，加之自己汉字录入水平也不高，请人很快将郎老师的诗稿打印出来，我也做了认真的校对，并且提出了一些出书的参考意见。对于写序，谈了自己的想法：我认为郎老师在教育战线奋战了几十个春秋，先后在不同岗位、不同类型的学校担任领导工作，使后进变先进，先进更先进，成绩卓著，被公认为名校长、教育专家（《邯郸日报》相关报道称为"人民教育家"）。教过的学生桃李满天下，不乏有各行各业的杰出人才；认识的同学、同事、领导，以及文学界的朋友也很多。从资格资历及职务地位来讲，我都不适合为老师的诗集作序。我很感谢老师对我的青睐，但我又不能辜负老师的信任和期待，我想，如果要我为老师写点什么，那我就写个后记吧。后来因为老师要先出版格律诗集，出现代诗集就搁置了下来。五年前，老师说格律诗集已就绪准备出版，将他的诗稿发了过来，我认真拜读，没想到老师对格律诗也写得非常好。我对格律诗也很喜欢，但对严格的平仄不精熟，不敢妄加评论，只是祝福他诗集早日出版。

早在几年前，老师就说过，要在八十岁生日时，出版他的第二本诗集。九月初，他发来电子版，我认真拜读了他的《岁月浩歌》。老师优美的文字，再次把我深深吸引。读他的诗，就是在读他波澜起伏、奋勇前进的一生；读他积极向上、丰富多彩的生活；读他的蓬勃旺盛、热烈燃烧的生命；读他的艰苦奋斗、不屈不挠的历史；读他真挚饱满、丰富细腻的情感；读他的博大精彩、丰满完美的精神世界；读他终身厮守、坚韧不拔的毅力；读他矢志不移、孜孜以求的信念；读他旗帜鲜明、立场坚定的政治品格；感受很强，感慨颇多，感触很深。

第一，老师是一位一生不懈追求的人。不仅表现在他对事业，对理想，对信仰的奋斗上，也表现在他对文学对诗歌的爱好上。青年时代就开始写诗，一生笔耕不辍，诗作满满。不忘初心，终身耕耘。正如他在自序里写到的：孜孜以求，终身厮守。现在很多年轻人都难以做到，很多人在生活面前，在挫折面前，在利益面前会放弃初心，改弦易辙。但老师对中华诗词的执着、痴迷，坚持始终，不达目标不罢休，不仅仅是热爱，还表现着一个人的意志毅力和锐意进取精神。

第二，老师是一位一生不忘学习的人。活到老学到老，真正成了老师的座右铭。老师开始写诗是从自由诗开始的，并且受当时诗坛鲁迅、郭沫若、臧克家、田间、李瑛等著名诗人的影响，格律诗写的很少，而真正写格律诗是从退休前后开始的。并且开始认真钻研古汉字，古汉语，古诗词，拜师学艺，"细咀诗书甜为饮，精敲唐韵苦作舟"。把格律诗写的那么精熟。以致在七十五岁，年过古稀出版了第一本格律诗集《岁月风铃》。在八十高龄又准备出版第二本诗集。并且还在积极学习计算机知识，用电脑写作，玩微信，上QQ，与时俱进，求知欲是那么强烈，学生自叹不如。

第三，老师是一位一生充满激情、情深义重的人。郎老师出生于二十世纪三十年代末，成长于四五十年代，工作于六十年代，退休于二十一世纪初，从学生时代到参加工作，直至退休，与共和国一起成长前进。有过艰难的岁月、坎坷的经历，也有过成长的顺利，事业的辉煌；有过风雨泥泞，也有过阳光坦途。但无论他处在什么境遇，都没有放弃理想，失去信念，消退意志。而是更加激励了他的斗志，更加激发他对事业、对工作、对生活、对生命的热情和激情。顺境时，高歌猛进。逆境时，不失气节。即使在文革中受到冲击、攻击、放逐的最艰难日子里，也一直保持革命乐观主义精神，坚持同邪恶势力、黑暗势力作斗争，"暗下决心坚定着'失之东隅 收之桑榆'的信念，为百姓争气，给党争光"。老师的感情饱满浓烈，还表现在他对亲情、爱情、友情，家乡情、爱国情的情真意切、情深义重上，这在他的诗集里体现得很充分。诗集"天地缘"单元里，写到对父母的恩情，对妻子的爱情，对子女孙辈的亲情；"耕耘图"单元里有多首诗写到友情；"思乡曲"单元里写到家乡情；"太阳魂"单元里写到对祖国、对党、对人民领袖的深厚感情。这是一位诗人的特性和品质，也是一位教育者、革命者的品德。在晚年，他仍然精力充沛，豪情满怀，激情澎湃，热情如火。保持着少年、青年、壮年时代的情怀。正如他在诗里所表达的"岁月飞逝/发雪鬓霜/身虽渐衰渐弱/心却愈战愈强/因为我们命定的道路或目标/不是享乐/也不是悲怆/我们应该坚定地/摒弃宿命论/接纳新思想/日日沐晨光/天天踏新浪。"在他78岁时，写出了"我渴望/一千次地渴望/那渴望不是做沙鸥的美梦/而是在生命中自由飞翔。""我歌唱/一万遍地歌唱/那歌唱不是做百灵的梦想/而是让生活充满阳光。"的豪迈诗句。如果不是对生活的热爱，不是对生命的敬重，如果不是有着理想信念的支撑，不是有着燃烧的激情，在接近耄寿之年是写不出这样的诗句的。老师在退休以后，仍然退而不休，勤奋学习，不断探索。七十古稀，游览祖国大好河山，写下许多歌颂祖国的山水诗，田园诗。八十高龄还积极应邀参加大学、高中的同学聚会，生命不息奋斗不止，老有所学，老有所乐，老有所为。热情、激情贯穿一生，正像一首歌里所唱到的"革命人永远是年轻"。

第四，老师是一位一生对诗歌艺术追求无止境的人。

老师在自序中写到："中华诗词的魅力，让人越学越爱，越钻越喜，孜孜以求，终身厮守。而中华诗词的博大精深，又让人越学越知难，爱之而畏之。"因此，"从中学开始，我就喜欢文学诗歌，逐步了解享誉诗坛的鲁迅、郭沫若、臧克家、田间、李瑛等著名诗人，并研读他们的作品，以他们为楷模，边写边学，真诚追寻诗的韵味，努力探索诗的真谛。虽不能自诩为诗人，但我决意要做诗的主人，而绝不当诗的奴隶。以诗为载体，存所思所想，记花开花落，志国事家事。"

这在老师创作大量的政治抒情诗中体现得比较充分。比如在新诗"太阳魂"单元中、"耕耘图"单元中，有多首诗感情热烈，饱满，豪迈奔放，直抒胸臆。给人以奋进的力量，读来气势如虹，心潮澎湃，时代感强，很容易感染读者，引起共鸣。诗言志，诗言情。诗就是要呐喊，就是要抒发诗人的斗志、壮志。在诗歌中，老师用美妙而铿锵有力的诗句，强烈地抒发了他对事业的豪情壮志，对信仰信念的坚定，对理想目标的追求；也抒发了对职业、对师生、对亲人、对党和人民领袖的深厚感情，都生动地体现在他的诗中。

老师在读诗和诗歌创作中真正领略到了诗歌是文字中最凝练、光灿的文体。并且深深认识到："诗，果真是文学天空中熠熠闪烁的星辰，照亮着慢慢暗夜与心灵深处，仿佛因为有了诗的存在，我们才得以窥见天空的浩瀚无垠，也才能探得到心灵的幽邃曲折。诗是无私的，它会带领每一位向它敞开心灵与感念的人，走进轻盈超脱的境地。"所以，老师立志要"做中华诗词与新诗结合的探索者。即便是失败，也会用余年钻研不止。我理解，新诗、旧体诗本一脉相承，都是时代的产物，都是中华文化的瑰宝，不同的是形式、是手法，相同的是对文学、对艺术的孜孜以求。"这是老师对诗歌创作的心声。

文学是人学，人品反映着诗品，诗品现人品。读诗就是读人。读诗人的胸襟，读诗人的情怀，读诗人的豪情壮志，读诗人思想感情。任何文学作品折射出作者的立场观点、思想品德和世界观。对文学作品的鉴赏，一是看他的内容，二是看他的艺术。从内容看，老师的作品没有风花雪月的卿卿我我，即使写爱情、亲情也是中华传统的美丽和奉献，真挚和期许，爱戴和期望，小我中体现着大我。读老师的诗正能量满满，给人以力量，给人以鼓舞，给人以激励。心潮澎湃，激情汹涌。这是诗歌潜移默化的作用，特别是当他成为社会作品之后。我想这也是老师对诗歌艺术追求的目标之一。

从艺术上来看，在老师出版和没有出版的诗歌中，我感到老师对中华诗词的钟爱到了痴迷的程度。不仅在理论上深入研究，而且在实践上大胆创新，对诗歌表达的内容和形式上，都在不断地进行尝试，对诗歌艺术无止境的追求。

这本诗集有格律诗：五言、七言、五绝、七绝、填词，还有新诗（自由体诗），古体、近体结合的诗。这些都说明了老师在诗词创作上的探索和追求。

从这本诗集的内容上看，有叙事、抒情、咏物、行旅、山水田园诗。有亲情、爱情、友情、乡情、家国情、同志情、领袖情、校园情、师生情，涉猎的内容广泛。

从表现手法和风格上看，有写现实的诗，也有描绘未来的诗，有现实主义和浪漫主义结合的表现手法；有柔情似水的婉约诗，也有气冲霄汉的豪放诗。这也说明了老师在诗歌的天地里、海洋中自由地驰骋，游刃有余地畅游。吸收着传统诗歌的养分，呼吸着时代的空气，不断地将诗歌变得得心应手，为我所用，为内容服务，在尊重格律诗创作的规律上，又不受旧体诗歌的限制，将旧体与新体有机结合，更好地表达了诗人的思想感情。既是探索，又是创新。这也是老师对诗歌艺术追求的尝试。

读老师的古体诗和新诗，感到老师的诗大气。创作有着"四美"。即诗歌表达的思想美，诗歌形式的建筑美，诗歌韵律的音乐美，诗歌情景的意境美。

思想美前面已经有较多叙述，不再重复。诗歌形式的建筑美，就像一位建筑艺术大师建造的园林，庭院，房子。对称而不死板，美丽而有魅力，错落但有致，长短句排列得非常美。比如，《园丁之歌》

是岁月的风霜，
还是粉笔的飞尘，
染白了您修长的双鬓；

是时间的车轮，
还是风雪的刀痕，
镌刻了您天庭的辙印。
……

诗歌韵律的音乐美。诗歌是要有韵律的，可吟，可颂，可唱才是诗歌。比如，

由于激动

语塞得表达不出对您的崇敬；
望着您闪烁的泪花
因为窘迫
无法倾诉对您的深情。
千言万语
汇成一句话：
老师　保重！

这首诗的韵角尽管是宽韵，但读起来非常动听，有韵味，像唱歌一样，抑扬顿挫，非常有感情。

诗歌情景的意境美。诗歌中美的意境和画面，可以充分表达诗人的的思想感情，借景抒情，情景交融，寓情于景，耐人寻味。

乡思

天河弯弯崖上挂，
富水涓涓润细沙。
春种夏管锄上雨，
秋收冬藏囤中花。
野雉咏唱恋晨曦，
归羊撒欢戏晚霞。
六畜兴旺福百姓，
五谷丰登强国家。

郊游

薄雾缀云头,重露染金秋。
苍山画里卧,清泉石上流。
极目眺远景,健步越溪沟。
风光无限美,旖旎不胜收。

洋洋洒洒写了这么多。是自己拜读老师的诗集的一点体会,比较粗浅、肤浅。也是想通过自己回忆同老师的交往、认知,让读者更多地认识、理解老师以及老师的诗、老师的胸怀、老师的情怀、老师的品德。

韩文忠
阳煤集团原党委组织部党委组织成员
机关纪委副书记
二〇一八年九月十日

茶寿精神

——读《岁月浩歌》诗集随笔

获悉郎老师又一部诗集《岁月浩歌》已出小样，准备付梓，与读者见面，我十分惊诧。被感动得急于想见到诗集小样，表达一下学生的心情。正当我企盼之际，老同学翟启德送来了小样。我如获至宝，爱不释手，当晚拜读到申时三更。

看完后，感慨万千，兴奋得一晚没有合眼。一位朝仗年岁的仙骨老人，不忘初心，还是那样志在千里，百折不挠，笔耕不辍，追求自己的梦，也是"中国梦"。为繁荣我国社会主义文学事业而努力奋斗。真令人仰慕不已，五体投地。

《岁月浩歌》是一本价值很厚重的艺术作品，与其说，是茶寿老人的一种精神，一种情怀，一种节操，倒不如说是一种榜样。

现在，我们正处在一个新时代、新时期、新文化、新思想:中华民族复兴的大潮中。党中央在安邦治国韬略上响亮地提出了"中国梦"。

"中国梦"，我们的国人正需要郎老师这种不折不挠的精神和这种爱国主义的情怀。

这种精神，是一种魂，是一种骨。

榜样的力量是无穷的，我相信这种精神，将会激励千千万万个中国青少年，为实现"中国梦"，努力奋斗，添砖加瓦，奉献自我。

郎老师是我的高中物理教师，他的外在和内在有一股强大的磁场和人格魅力。在师生中有很高的威望。这源于他治学严谨，教书育人的信条和理念及他的教学心路有关。他是我们难得的好师长。

郎老师的教学水平有多高的水准，我说来，兴许世人会吃惊，同仁会置疑。

他在县一中、二中都任教过。在长治县从教八年，桃李满天下，我焉敢妄说。他给我们上课从来不曾带教材、带教案。反正我一节课都不曾见过。教材中的张张页页，知识内容都在他的大脑中储存着，又是那样精准，一丝不苟。他的教学方法艺术科学，学生听得懂，记得牢，受益匪浅。

那时，我们就感到很神奇，上课不带课本，又无教案。就仗一支小粉笔，讲得那样头头是道，那般精准无误，滴水不漏。

我曾想过："这哪是老师，简直是个'神童'"。

台上一分钟，台下十年功。郎老师的功夫，我想，一般常人是做不到的。那时，我十七八岁，仍是个小孩心性，也不大晓事，痴迷地看小说。正是因为这样，我很能瞎想。读了十几本抗日战争的小说，看了一些报纸。就想当作家，当记者。想起来，真乃幼稚。记得很清晰，有一天，是郎老师的课，他讲他的物理，我趴在课桌上，偷偷地看《青春之歌》。

"作贼不妙，落下一道"，被郎老师发现了。

下课后，他喊住我。

郎老师是个很严厉的人。我"做贼心虚"，战战兢兢，不知所措。硬着头皮准备挨郎老师的责罚。

奇怪的是，郎老师笑道："文学啊!你就像一头猪，钻到玉米地里就不出来了。贪婪课外书是会荒废学业的。但这种执着的精神值得提倡，还是用在学业上的好。这种执着的精神，你要是用在正道上，那你将来定是个了得的人才。"

郎老师在精神上给了我强大的启迪。

他的精神，我耳濡目染，给了我强大的思想力量。

我也是命好，刚毕业就参加工作。

郎老师的训诲和我的"猪精神"促使我钻进了书海中，事到如今都没有出来，而且后来发展得出乎人们的想象。

经过长期的历练

创作的思路宽了

作品的水平高了

见报的文章多了

作家的桂冠有了

在成功的路上，我才一直思考，郎老师育人的方法很艺术，当时他对我的教育一定蕴含着钟爱、一种无私的父爱。

郎老师的恩情，郎老师的启蒙。

决东海之水为墨，磐南山之竹为笔，亦难书之万一。

感情难抑制，激情难自禁。

我呵成两首诗歌，呈给郎老师，以表寸心。

　　　　花甲有六忆人生，
　　　　人生精彩师启蒙。
　　　　老师引领阳光道，
　　　　师生情深火似红。

　　　　四十七载昨日梦，
　　　　北宋师生珍珠情。
　　　　春风细雨润万物，
　　　　青苗受益壮材成。
　　　　学生感恩好师长，
　　　　德高望重堪称颂。
　　　　但愿师长永安泰
　　　　茶寿南山不老松。

编辑部兴许会感觉有点走题，但我劝君别忘了这是一篇创意性随笔体载的评价文章，仍然少不了对《岁月浩歌》诗集的评价。

新时代，文学作品的体裁。我想，也应当有创意，这样才能展示出作品生动活泼的气氛。如果删掉这部分那就不是随笔了。定会伤害学生对师长的情感。会让学生痛苦不已。

如真的删掉，那太残忍了。实实地诋毁了体裁创意的意义。

对师长大作《岁月浩歌》的评价，作为学生实实地诚惶诚恐，深感不安。三十年前，我看到过一首诗，很好！迄今都一字不差地记在心里。巧的是这首诗下能表达我给师长写评的心理活动：

　　　　李白之名高千古，
　　　　半墨上门摆评谱。
　　　　满口评论李白诗，
　　　　鲁班门前玩大斧。

这首诗，学生略作改动，主题没变。只是没有深究平仄，似乎变成了新体诗，或者叫诗歌，让师长见笑了。

郎老师上山西大学物理系学的是固体物理专业，任教也是物理。但他喜欢文学，热爱文学，对文学艺术情有独钟。但他潜心于文学创作，是他夕阳西下以后。作为一个老人，半路出家，笔耕不辍，著书立说，接二连三出版著作，实在令人敬佩。之前就看过他的《岁月风铃》诗集。

今天又拜读了他的《岁月浩歌》诗集。我决

非因为他是师长就妄加评价。他在诗文创作上已成为大手笔。称他是诗人实不为过。

我也读过《唐诗三百首》《楚辞文集》，汉魏六朝诗选集《乐府》，时不时地又读了一些诗评和诗文创作理论。也发表过十几首，有五言绝句，也有诗歌。假如没有一点诗文创作的底子，还真的对《岁月浩歌》诗集谈不出个子丑寅卯。

《岁月浩歌》是一部诗集，洋洋洒洒，一百六十首。我左思右想应当对全书作个总的评价：这部诗集从样式立体讲，有古体律诗、自由诗，还有几首从句式看像律诗，品赏起来，就有诗歌的韵味。

他的诗很有特点，一字千金，一个字就能概括主题。又能高度集中地概括自己的思想感情和政治立场。书名中"浩歌"一词，气势高昂，唱响了主旋律，坚持了正确的文学创作方向。这是一部政治立场明确，文学艺术严肃厚重的诗集。符合毛主席生前《在延安文艺座谈会的讲话》和习主席对文艺方向讲话的精神。没有强烈的政治思想，坚实的政治基础，是写不出积极向上的好作品。

诗集中赞成什么，反对什么，颂扬什么，鞭挞什么。旗帜详明，立场坚定，信仰固若金汤。这与他长期党性修养，长期党性锻炼是分不开的。

我拿他的几首律诗和古代的大家律诗作了比较，无论从哪个角度，都找不出瑕疵。也许是我的水平问题。

总的来讲，他的诗气势恢宏，大气磅礴。政治上有高度，感情上甚浓厚，语言上精炼和谐，优美流畅，似琴声高山流水，泉水叮当。有一定的艺术审美价值。

诗集中首首锦绣，句句凝炼，字字珠玑。

七律《秋兴》开头两句，就十分美。通过形象描写、表现出意境和情调。"雨后霜来红叶秋，月波微漾绿溪流"两句十四个字，描绘出一幅心旷神怡，留恋往返的秋季风景图画。有声有色，精彩生动，身临其境，甜美的享受。他的自由诗句式用心良苦，句子格式安排科学合理、节奏感强，音乐感浓。律诗平仄讲究，但不刻意。词性对仗，合理准确，押韵规范，音调和谐，优美动听，朗朗上口，符合理论要求。

七律《敬题将军诗》，七字八句格。仅仅五十六个字，以高度集中，凝炼概括的艺术手法，以气势激昂的胸怀，勾画出中原大战，抢渡长江的雄伟壮丽图景。巧妙地运用"抢"字，描绘出人民解放军，赴汤蹈火，浴血奋战，骁勇杀敌，所向披靡的庞大场面。看到"抢"字，脑海中就会浮现出影视中，横渡长江，抢渡大渡河，突破乌江,抢渡金沙江的战斗场面。这首诗渗透了他的爱国主义情怀,表达了他对先烈们无比崇敬的心情。

在评价他的诗文中,我对师长崇拜的心情不能自已,强烈燃烧的感情,促使我给郎师长点赞:

> 茶寿之年成诗家,
> 古往今来谁比他。
> 尘世人家万万千,
> 哪有八十扶犁铧?

郎老师,我掏心窝,想对您说些学生不该说的话,恕我直言。再有四个月你就是八十大寿了。学生决意改变你的意志,不能再劳作了。劳作固然是高尚神圣。但著书立说,那是一个很大的艺术工程量。生怕你身体吃不消。我有切肤的心得和体会,耗神伤身。

你博览群书,饱读诗文,满腹经纶,应该清楚一个硬道理。金银财宝,名气云霄,都是身外之物。只有健康的身体才属于自我拥有。

要学会放弃,相信你看到我的衷心,你会有勇气放弃,或者少写。

你要是花甲年岁,学生焉敢对师长说这些不堪入耳的话!

我劝你不要学《三国演义》里的老黄忠，也不要学《将相和》里的廉颇，更不要上曹操"老骥伏枥，志在千里"的当，也不要受古人"老当益壮"的骗。

古代多大年岁才算老人，六十曰老。

曹操的诗和古人语的老当益壮那肯定指的是五十多岁左右。

曹操六十岁，诸葛亮五十四岁，认为曾国藩是个老头。小时读书，更认为鲁迅先生是个大老头，五十四岁，周瑜命终三纪，三十六岁。他们就是这个年岁归天的。你和这些人的年岁相比，他们都是你的小弟弟，小孙孙和小重孙。

你已经往耄耋年阳寿步入，应该歇息，颐享天年了。

你的人生够精彩，够辉煌了。

你花甲前任教，人人赞不绝口。

你茶寿之年，著书立说，名气大有。

郎老师！写到结尾，给你送上《劝师长》五言十句，万望心领神会，保重珍惜。

你已接近八十周岁，还是那样安康益壮，精气神还是那般充沛，但也不能"大意失荆州"。

劝师长

不活一百多，
都归你的错。
健康有讲谈，
吾汝都照做。
人老神虽旺，
身体莫蹉跎。
坐下静思思，
高寿如何过。
笔辍偶解意，
情怀亦散发。

　　　　愚生　郭文学　翟启德
　　二〇一八年九月十八日夜写

日月不息　师表常尊

北宋中学高中三班的同学，还沉浸在毕业45年聚会给大家带来的愉悦氛围之中时，我们的班主任郎老师的第二本诗集《岁月浩歌》即将出版。

我怀着崇敬的心情认真拜读了诗集小样。虽说有些诗句尚不太懂，但对整体反映出郎老师的思想情感，家国情怀，感受至深。

诗篇《痛悼家严》里有诗句描写其父："日月昭昭思故里，星海浩浩走四方。纺纱织布支前线，驱寇逐匪保家乡。节衣缩食过日子，吃糠嚥菜度灾荒。效法前贤尽孝道，激励后人总向上"。还有祭母文中有诗句描写其母"躬身求指教，虔诚得上签。只要儿升级，不怕己为难。踩出荆棘路，蹚过浅水滩。家慈学孟母，游子享三迁。贵溅无亲疏，贫富不吝悭。亲和讲友善，忠厚待人宽。"，"组建妇救会，成立扫盲班。军鞋天天做，公粮年年完。"反复阅读这些诗句，我才明白，难怪郎老师气节非凡、才学出众，令所有的同学敬佩。原本他就出生在一个有着深厚文化传承的革命家庭中。父母辈虽处于战乱年代，家境贫寒，生活无着，仍然能够积德行善，宽厚待人，纺纱支前，驱寇保国，令后人怀念敬仰。

家运和国运总是契合得非常紧密。父母亲在那战乱不断，民不聊生的年代，用自己的品格营造着良好家风，也成就了老师的才华和气节。

诗篇《幼小心灵的萌动中》写道"向往莺歌燕舞，赞赏寒梅凌风。继承先辈事业，光大祖德家声。"寥寥数语，足见老师还在幼童时期就有报效祖国、振兴家族之志气。正是"虎瘦雄心在，人贫志气存。"于是乎，就自然会有"爬坡踏厚雪，攀崖履薄冰。""学艺拜师童蒙愿，立命安身良善愁。""十岁游学山道走，百年厚望母亲忧，还乡薄礼把师酬。"等诗句说明老师在童年时期，虽生活艰辛，却不能阻挡他增长才学，修身立德以报效家国的坚定志气。

"天地无心驱神鬼，人民有志扭乾坤。""立足潮头搏击浪，翘首故园仰望天。""脱胎换骨暴洗礼，劫后余生争朝夕。"等诗句不仅在抒发情感，而且在表达和强化着自信。从中还可以读出诗人的胸怀、眼界和素养，洋溢出来的是作者的豪气！

《岁月浩歌》新旧体诗作160首，从形式上看，无论是抒情还是写景，写作技巧和文笔都得心应手，炉火纯青，达到了出神入化的奇妙境界。从内容上看，篇篇章章，字字句句，都是对人生历程的记载，是现实的积累，是内心素养的积累。总之，展现出来的都是老师做人的底气。

有缘遇上郎老师，作为他的学生，我感到荣幸，为之自豪！

高中，人生最关键的阶段，郎老师就像自带光芒的一盏明灯，让我们不再感到黑暗，迷茫。只需片言只语便可以使我们开悟。他的任何一种所为，所经手之物，都在我们的记忆中留下了那个时空节点上的坐标。他用自己的人格结构，文化底蕴，德行厚度，审美境界在教化着我们，使我们懂得了知识，学会了做人。

当年，郎老师是我们班的班主任，我作为一名班干部，常因班务工作获得更多机会能亲受老师教诲。因为我父母都是农民，连我上学的学费生活费都很难拿得出来，我只能边学习边协助校办砖厂的工作，以减轻父母亲的经济压力。郎老师对我的情况了如指掌，深表同情。他多次鼓励鞭策我："智慧，你的成绩名列前茅，学习刻苦认真，这方面没有问题，但用一半时间搞勤工俭学，一定要合理安排时间，学习不能半途而废，只有用知识来充实自己才能成为一个有益于社会的人才。"老师推心置腹的谈话和无微不至的关怀好似一剂强心针作用于我的内心，从此我痛下决心，刻苦践行。1973年高中毕业，我以优异的成绩迈进了大学之门。在四十余年的工作中，无论是在企业一线工作，还是担任县市政府和部门领导职务，不管是基层检查指导工作，还是为区域煤炭工业持续健康发展等，我时刻都在以老师的鼓励为动力，以老师的精神为榜样。努力做事，认真工作，一切从实际出发，为百姓所想，取得了一点微不足道的成绩，也受到了各级各项工作的嘉奖。自己的每一点进步和成就，无一不是得益于老师当年的哺育和栽培。

郎老师是一个情感充沛、爱意浓浓之人。在他的诗篇中随处可以看到他对国家、对党、对社会、对生活的热爱。尤其是对父母的感恩、孝敬之情令人感动。每逢清明节、中元节以及父母的祭日和诞辰日都要写长诗，表达哀思。对于父母的思念之情溢于言表。字字句句催人泪下，感人肺腑。

郎老师在读书时期就是好学生，踏入大学之门三个多月就加入了中国共产党，参加工作不久就到了领导岗位，担起了重担。他的成功缘于他的阳光，正直，谦和，慎独，积极进取。

郎老师的一生，是文化的一生。他忠实地践行着文化信念。年近八旬还坚守信仰，有志于学，成为好学的典范。作为他的学生，没有理由虚度时光，浪费人生，我要时刻以老师为自己学习的榜样，努力学习和传承祖国的优秀传统文化，不断提升自己的心灵空间。虽然退休在家，仍然要继续发挥自己的余热，做一个有益于社会的人。

感恩老师！难忘师恩！愿我们的郎老师心情舒畅，永远健康！

许智慧
二〇一八年十月

飞歌动天地，师恩昭世人

从考入山西长治县北宋中学起，我有幸成为郎联正老师的学生。虽然相别近半个世纪，但是很难忘怀老师的恩情。郎老师风华正茂的才俊、出类拔萃的贤明，一直照耀着我前行。他那儒雅的风度和温厚的笑容，几十年不变，使学生忘记了岁月的磨蚀，增添了对老师的几分崇敬。"一日为师，终生为父"这一至理名言，天经地义，我时刻铭记心里并指引我一生。

作郎老师的学生，是我的荣幸。
读郎老师的诗作，让我口有余香、心怀光明。
读过郎老师的作品，使我更加清醒：
诗歌是最真的人性、最善的灵魂、最美的人生。
读诗使我们感悟：
读诗需要你的悟性、你的感应。

郎老师是最具赤子之心的贤哲，
面对人世的虚伪与丑恶，
他铁定决心：
为国家培养一批又一批
青出于蓝而胜于蓝的学生。
郎老师是最具有远见卓识的师长，

面对日常生活的庸俗和粗鄙

他秉正无私，帮助学生认识社会树立远大理想

一心一意向往美好的未来

呕心沥血为党的教育事业

燃烧着他久蓄的激情

郎老师从长治调到邯郸先在师范任职教务主任、办公室主任

在治理整顿的大潮中

他临危受命，以"没有邯郸市派性"的特殊身份

派往"老大难"单位工作奋战三年整

以后又奉调进三类学校主持工作

他举旗抓纲，不断革新

很快甩去了落后帽子

创造了落后变先进的典型

郎老师对教育工作情有独钟

对教育的弊端心知肚明

他懂得，改革之路崎岖不平

改革的任务绝非一人完成

于是，他"合纵联横"，砥砺前行

他联合几所处于"第三世界"地位的学校

带头办起职业班，为创建职业校开辟道路

可以说，他被誉为教育改革排头兵是当之无愧的

就在他奋勇前进时

接到新命令：主政重点校！他马上意识到：自

己肩上的担子更重了,不仅要把学校管理好,还要准备打好高考升学率这一硬仗。

于是,

他大胆采取"走出去""请进来"的办法,

让二流学校创出一流的水平。

从此,郎老师的声名鹊起且久负盛名。

郎老师的一生

是献身教育事业的一生

他深知,教育阵地既不是净土

也谈不上风平浪静

争夺接班人的斗争始终没停

因此,他暗下决心

一走要把这块育人的阵地占领

为此,他闯过险滩,踏过寒冰

赴过烫水,踩过火坑

披霜蹈雪,风雨兼程

他真正做到了

只讲奉献,不贪功名

就连到手的光环

他毫不犹豫恭身奉送

因此,他获得了社会赞誉

也得到了广大学生的尊敬

郎老师的一生

是酷爱诗词创作的一生

他对文化信念忠实践行

他对文化瑰宝光大传承

他学生时代与诗词结缘

耄耋之年还忙于笔耕

从《岁月风铃》到《岁月浩歌》

篇篇章章记载了他的人生历程

字字句句都是他辛勤劳动的结晶

郎老师的飞歌动天地

郎老师的慈恩昭世人

最后,还是用郎老师的《教坛感赋》作为结束语:

立誓笃爱桃李国,

红烛化作人梯篇。

潜心伏案师表善,

俯首耕耘弟子贤。

传道解惑德为本,

修身养性智当先。

斗转星移时势变,

义无反顾照撑船。

张小兵
二〇一八年十月